全新楚国题材历史神话巨制
李亮 著
天津正东动漫出品
楚国有妖
百兽祸乱
你一个秘密：楚国有妖，不止一只……
南方日报出版社
NANFANG DAILY PRESS
中国·广州

图书在版编目（CIP）数据

楚国有妖①，百兽祸乱 / 李亮著. —广州：南方日报出版社，2017.8
ISBN 978-7-5491-1631-7

Ⅰ. ①楚… Ⅱ. ①李… Ⅲ. ①长篇小说-中国-当代 Ⅳ. ①I247.5

中国版本图书馆CIP数据核字（2017）第168940号

CHUGUO YOU YAO 1 BAISHOU HUOLUAN
楚国有妖 1 百兽祸乱 李亮 著 天津正东动漫 出品

出 版 人	周洪威
出版统筹	周山丹
选题策划	方 明
责任编辑	方 明 杨柳青
责任技编	王 兰
责任校对	阮昌汉
插图绘制	天津正东动漫
出版发行	南方日报出版社
地 址	广州市广州大道中289号
经 销	全国新华书店
印 刷	广州市怡升印刷有限公司
开 本	889 mm × 1194 mm 1/32
印 张	7
字 数	111千字
版 次	2017年8月第1版
印 次	2017年8月第1次印刷
本册定价	16.00元

投稿热线：（020）83000503 读者热线：（020）83000502
网址：http://www.nanfangdailypress.com

人物介绍

米兰

智慧与美貌并存的女孩，年年考第一，早熟，热心，学识很渊博，凡事细心，认真，有担当，但后来穿越到楚国之后与熊韬有分歧，最终走向对立面。后来成为巫山十二巫的巫皇。

熊韬

马大哈，班上倒数第二，但是胆子很大，对于很多东西不会太在意，就算老师骂他，他也不会很记在心上，扭头就忘记，不会跟人记仇，遇到困难有时也会逃避，但是具备侠义的精神。他是熊姓王子，追根溯源，他还拥有上古八大姓氏之一的姬姓，是九灵王朝的护法。

寒露仙子

农家掌门人，明事理，晓大义，知天下事，擅长医治，有独门绝技神龙百草大药丸，治百病。擅长琴乐，杀手锏就是弦音，但武功不强，可自保。

沈木

罗碟人，一直在地球游走，寻找回到外太空复命的机会，军人气质，未曾变节，只是当时因为罗碟族战败，后来众将全部走了，只剩下他在完成未完成的使命。在地球设有秘密基地，就在鄱阳湖下面。但目前的身份是墨家大弟子，行侠仗义，匡扶正义。

我们
共同见证

……

1

百兽祸乱

楚国有妖 1

百兽祸乱

目录 CONTENTS

引子

地球本无，皆由气生。气分清浊，清气上升为天，浊气下沉为地。而第一块大地，称为昆仑，也是世间唯一一块地。 地球初生，分为三族，仙族聚气而轻，有形无体，飘飘然，无处遁形而又无处不在。以不周山为镇守之门，居住在昆仑山顶，成为上仙。仙族统治者为白莲仙子。传说白莲仙子乃是宇宙初化状态下连接天地清浊之气的一朵白莲后成仙而成。

水族是地球最古老的族群，其起源早在仙族之前，水族族长乃是神龟，神龟曾是守护白莲的第一守卫。 第三个族群则是陆生，原本汇聚了百兽，但最终被龙族征服族等级观念极重，被征服者纳入第十等奴隶级。龙地浊气的集大成者，第一任统治者为始祖一世。 后来三族争霸，龙族大败，但仙族也元气大伤，于是造人。

造了第一个人就是九灵氏，九灵氏创建了第一个王朝，叫做九灵王朝，数万年来，九灵王朝成为了仙族在间的代言。九灵王朝内部发生激烈的权力斗争，王后带着小王子一起逃离，最终导致了时空的混乱……

第一章

九灵奏响

“世界刚刚形成的时候，地球上只有三个族群，第一个族群是我们的祖先仙族，第二个族群是水族，第三个族群是百兽族。后来百兽族中诞生了一个超级族群，叫作龙族。龙族乃世间凶残之物，打败了百兽一族，将百兽纳入三六九等中的第十族，百兽彻底沦落为龙族的奴隶。

“百兽一族无法忍受龙族残暴的统治，揭竿而起，但起义失败，逃到了世界最后一块净土——昆仑，祈求仙族的庇佑。仙族出于对百兽的同情，与龙族交涉。但龙族早有踏平昆仑取代仙族成为世间第一族群的野心，仙族的求情给了龙族入侵的绝佳借口。

“龙族一鼓作气，攻破昆仑，疯狂撞击仙族最后一道防御之门——不周山。地动山摇，天崩地裂，不周山轰然倒塌。然而就在此时，天地紊乱，引起了自称罗碟族的入侵。四族混战演变成了五族混战。

“眼看着龙族、仙族、水族以及百兽的生命在罗碟族面前不堪一击，仙族掌门人白莲仙子决定与龙族签订停战协议，然后向居住在冥王界的冥王族求救。

“冥王族答应了仙族的请求，一举帮助他们打败罗碟族。但是这场战争毕竟是由龙族挑起的，龙族要为这场战争负责，于是冥王族绞死了战争发起者霸王龙三世，并用九灵铁印将龙族的模样和力量一起封印在了不周山。从此以后凡人再也找不到不周山，凡人再也靠近不得不周山。”

昆仑的冬夜就像大海一样无边无际，九灵城堡外寒风呼啸，连一向骄横的冰原野兽也放弃了嚎叫。地面吹雪有时掀起百丈高，撞击着坚硬的城墙，发出“嘭啪嘭啪”的声响。

灵姬王后念完故事，把手中的**《九灵通史》**放在小王子床头，然后走到窗前，拉上了窗帘，转身看着还在沉思中的

> **注 解**
>
> **《九灵通史》**
>
> 九灵王朝第一正史，九灵氏族谱。

小王子，说道："亲爱的小王子，该睡觉了。"

每个临睡的夜晚，唐古拉•九灵王子都要母后为他读一个故事，而他最喜欢的，正是这个创世混战的故事。

"母后，创世混战中为何没有人的参与？"唐古拉•九灵王子仿佛还在书中，没有走出来。

"当时还没有人。"灵姬王后说道。

"人是从什么时候有的呢？"唐古拉小王子问。

"虽然冥王族封印了不周山，但是白莲仙子依然担忧，她觉得还需要其他族群来守卫不周山。于是她按照仙族的样子，并给肉体注入灵魂，创造出了第一个人，这个人就是后来创建了我们九灵王朝的先祖九灵氏。"灵姬王后说道。

"一个人挺无聊的。"小王子琢磨着。

灵姬王后总会被王子的一些话语逗乐，说道："小王子说得对，我们的先祖九灵氏也觉得一个人很无聊，可是仙族已经累了，于是要他自己再造八个人一起守卫不周山。"

"为何只增加八个人？"小王子问。

"为了纪念九灵铁印中的数字"九"，才增加八人，加上我们的先祖九灵氏就是九个人了。后来先祖给这八人冠以姓氏加以区分，分别姓姬、姞、姜、

嬴、妘、妫、姚、姒，统称为上古八姓。这八大姓氏都带女字旁，是为了纪念当时以白莲仙子为代表的母系仙族。”灵姬王后回答。

唐古拉王子似有所领悟，问：“那么我们王族的姓氏和九灵王朝的诞生都是为了纪念九灵铁印吗？”

灵姬王后走到小王子身边，亲吻孩子的额头：“不周山上的九灵铁印，是我们的信仰。而你，亲爱的王子，唐古拉•九灵，仙族第一后裔，注定长大之后要日日夜夜常驻九灵城，履行我们的职责，守卫不周山。”

“可是书上不是说凡人看不见不周山吗？既然看不见，那么不周山应该非常安全，为何白莲仙子还要我们去保卫一个看不见的东西呢？”唐古拉王子的问题非常犀利。

灵姬王后笑了，说：“亲爱的小王子，这世间还有很多不是凡人的人，他们身怀各种超凡绝技，随时都可以找到不周山，解开封印，那时候，我们都将毁灭。”

“超凡绝技？”唐古拉王子似乎对这些绝技非常感兴趣。

“上万年来，龙族并未消亡，他们变成了另外的模样生存在这个世界，比以往更强大。他们随时准备找到不周山，攻破九灵铁印，然后找回他们的模样和力量，再次称霸大陆。与此同时，罗碟族也如同幽灵一样飘荡着，只要不周山稍微颤抖，他们就能乘虚而入，像死神一样再次杀回来。”

“那真的很可怕。”唐古拉王子陷入了深深的恐惧。

“所以，亲爱的小王子，等你长大了，就要像你的父王那样，继承先祖九灵氏的**天启**，守卫不周山。”

> 注　解
>
> **天启**
>
> 九灵王朝有一种传承制度，叫作天启。天启是九灵王朝的开创者九灵氏制定的，并通过天启将自己矢志不渝守卫不周山的意志传承给历代王位继承者。

灵姬王后觉得这些话不应该在这个时刻与一个还差一个月才满五岁的孩子说，但是迟早都要说的，谁让他生在一个保卫不周山的帝王之家呢？帝王之家的王子，就需要有高于凡人的责任和担当。

唐古拉王子点点头，他想，他一定可以练就非凡的才能，得到天启，继承王位，保卫不周山。虽然到目前为止，他都不知道不周山在哪儿，历史文献《九灵通史》也无记载。

传说不周山在九灵王朝的上面，可是唐古拉王子曾无数次抬头仰望天空，有时看见云，有时看见雨，有时看见雪，却从未看见过不周山。

传说不周山在九灵王朝的下面，可是很久很久以前，那时龙族余孽还未被完全消灭，虽然他们曾派出敢死队，但他们掘地十丈也没看见什么封印。

灵姬王后亲吻小王子的额头，道了晚安，离开了小王子的房间。然而就在小王子迷迷糊糊半睡半醒中，却听见外面有打斗的声音。他想从被窝中爬起来看个究竟，母后却从密道哭泣着闯入了他的房间，抱着他一路逃亡。

但不管他们怎么逃，后面都有两个人影紧紧追踪。他们一直逃，逃到了绝境之地通天河，前面已无路可逃。

“王后，你们逃不了的。”那两个人站在那儿，随时准备上前将王后抓住。

灵姬王后站在通天河上，看了一眼小王子，虽然万般不舍，但仍将小王子扔下了通天河。唐古拉从蒙眬中清醒，他看见母后双眼闪烁着泪光。

“亲爱的小王子，你一定要找到那个人，带着他一起回到九灵城。”

“母后——”唐古拉大声呼唤，他伸出手想抓住母后，迫切地希望此生都不要离开亲爱的母后，可是下降的速度越来越快，母后的面容在他眼前越来越模糊……

第二章 甲骨迷文

在最近长达一个多月的时间里面，熊韬都会做同样一个梦，在梦中，爷爷一直问他：“小韬，你知道你为什么姓熊吗？”

爷爷第一次问他的时候，他还一本正经地回答：“爷爷姓熊，爸爸姓熊，所以我当然也姓熊啊。”

爷爷对这个回答一点都不满意，追问：“我是说，你知道我们为什么姓熊吗？”

每个人生下来不都有一个姓吗？这么平常的事情爷爷为何一直纠缠不休呢？熊韬不胜其烦，抱怨道：“哎呀，爷爷啊，您就让我睡吧！”

爷爷摇摇头，叹了一口气，说：“小韬，其实在你的姓氏里隐藏着一个巨大的秘密。”

就在熊韬想追问爷爷这有什么秘密的时候，爷爷转身从他的梦里离开了，然后他醒了，深更半夜的再也睡不着了。

他真怀疑爷爷是不是亲爷爷，就算离开了人世也要来打搅他的梦境，让他第二天上课无精打采。老师将这个情况反映给了熊韬的爸爸妈妈，爸爸怀疑他晚上游戏打久了，然后缴掉了他所有的玩具和游戏机。

可是就算这样，也无法解决根本问题，第二天他依然无精打采，成绩也直线下降，排到了班上倒数第二。因为爷爷还和从前一样，经常出现在他的梦里，并且一直问他同一个问题："小韬，你知道你为什么姓熊吗？"

有一天，爸爸也发现了儿子的异常，于是问儿子到底怎么了。

"爸爸，如果我说爷爷一直来找我，您信吗？"熊韬面色苍白，一看就是没睡好。

"瞎说，爷爷已经入土为安了，怎么还会来找你呢？"爸爸有些生气，爷爷又不是阴魂，为何会为难自己的亲孙子呢？

"爷爷一直在梦里来找我，还——"

"小韬！"爸爸打断了儿子的话，"爸爸知道爷爷的去世对你打击很大，家里再也没人陪你玩了，但是我发誓，以后只要工作不忙了，我和你妈妈一定多陪陪你，好吗？"

爸爸根本没有理解他的意思，熊韬还想说点什么，但是爸爸已经起身拿起公文包，准备去上班了，临走之前不忘叮嘱儿子：“记得早点去上学。”

看来爸爸没有兴趣也没有时间听他描述在梦里与爷爷都聊了些什么，想到这儿，熊韬很绝望。他抬起头，望着墙上挂着的爷爷的照片自言自语：“爷爷，你倒是告诉我，我为什么姓熊呢？这隐藏着一个什么秘密呢？”

“吱呀”一声，只见爷爷房间的门突然打开了。奇怪，自从爷爷去世之后，这间房一直紧锁着，是谁开的门呢？他起身走过去，就在他握着锁把准备关门的时候，突然有了一个灵感，为何不在爷爷的房间找梦境中的答案呢？

他走进房间，望着那张布满灰尘的老式书桌，在他的脑海里，又浮现出小时候在这个房间爷爷教他练毛笔字的情形。

“爷爷，现在我们都用电脑打字，为何还要用毛笔写字呢？”那时熊韬觉得用毛笔写字很麻烦，又是磨墨，又是用砚台，又是洗笔，而且也不实用。

听到这句话，爷爷笑出声来，说：“你知道毛笔的历史吗？”

熊韬摇摇头，不要说毛笔的历史，就算是铅笔、圆珠笔的历史，他也一无所知。

“毛笔可是我们楚人发明的，这是老祖宗的东西，不能丢。”爷爷一边写着毛笔字，一边说道。

“楚人？”熊韬听得云里雾里，不知道“楚”为何物。

“那是中国历史上最辉煌的帝国，有着八百多年的历史呢。”爷爷放下了手中的毛笔，望着窗外的天空，思绪早已飘到了几千年前的楚国大地。

“可是楚国在哪儿呢？”熊韬似乎对“楚”突然很感兴趣。

爷爷收住了遐想，看着可爱的孙儿，说道：“就在我们脚下。”

熊韬低着头，看着地板，很惊讶地问：“地板是从楚国进口的吗？”

爷爷总会被这可爱的孙儿逗乐，然后摸了摸他的头，说道：“我是说我们所居住的这个城市——赤壁，就是古代楚国的中心。”

对于天天玩《三国》游戏的熊韬来说，提起赤壁，印象中只有赤壁之战。

当年曹操以少胜多破袁绍、不战而收了荆州，后南下欲取东吴。就在赤壁，孙权与刘备联手破了曹操八十万大军，从此奠定了三国鼎立的局面。赤壁不是三国的中心吗，怎么变成楚国的中心了？

他还没来得及问，爷爷又提起了毛笔，说道："我们都是楚人的后裔。"

想到这儿，熊韬似有领悟，他不再纠结赤壁到底是楚国的中心还是三国的中心。如果说我们都是楚人的后裔，那么这是不是与爷爷所问的我们为什么姓熊有关系呢？

为了查找这之间的关系，熊韬再次不情愿地坐到那张老式的书桌前，拿出了厚厚的《熊氏族谱》。没想到好久没翻，族谱已经发霉了，霉味呛鼻。

说起来也很奇怪，早在两个月之前，爷爷似乎预感到自己将要离开人世。那段时间，爷爷好像变了一个人似的，经常将自己关在房间里，谁也不见。

有一天，熊韬非常好奇爷爷在房间里干什么，于是他偷偷打开了爷爷的房门，走到爷爷身后，却没想到爷爷正在翻阅那本族谱。就算他问爷爷在看什么，爷爷也不回答，难道族谱里有什么秘密吗？

熊韬翻开了族谱的第一页，居然是空白页。再往后翻，居然全都是空白页。原来这是一本空白的族谱，可是爷爷又在看什么呢？他继续往下翻，翻到最后，就在纸张缝隙里，看见了一行奇怪的字：

他清楚地记得，当爷爷说完那句"我们都是楚人

的后裔”之后，爷爷提起毛笔，画下的正是这个图案。当时他很好奇地问爷爷这是什么，爷爷说这叫作甲骨文。

“甲骨文在汉字的发展历程中起到了很大的作用，起初文字的形式是图案形的，也就是象形文字，象形文字再往下发展就成了镌刻在龟甲兽骨上的甲骨文。”爷爷说道。

“人们为什么要将文字镌刻在龟甲兽骨上而不是写在纸上呢？”熊韬不明白。

“甲骨文出现在殷商时期，而纸的发明可能在西汉年间，当时并没有纸。”爷爷说。

“将文字镌刻在甲骨上有什么用呢？”熊韬继续问。

“文字是文明的载体，将文明记录在甲骨上，后世可以了解祖先的文明。”

“但是以前我也曾听同学米兰讲过，甲骨文多用于占卜，如果文字是文明的载体，那么占卜也是文明喽？”

爷爷笑了，被孙儿的哲学辩证能力所折服，远古的文明很大程度上确实是靠占卜推进的，但是爷爷却并未回答。

虽然如今知道这就是甲骨文，但并不知道这甲骨文是什么意思，是否与爷爷所说的在他身上潜藏的秘密有关系。

一头雾水的熊韬摇了摇头，不管了，他用手机将这奇怪的甲骨文拍摄下来，并决定去找那个他一直很想搭讪却又不敢行动的女孩来解答他的疑惑。这个女孩正是米兰。

“米兰”这两个字，好像有着某种魔力，只要熊韬稍稍想起，他的心头便荡起波澜，他心跳开始加快，血脉偾张，面红耳赤。

一个女孩子若仅仅生得美丽而没有智慧，那她只是一个花瓶；若只有智慧而没有美貌，她也无法让人倾倒。可是米兰，却如仙子下凡，兼聚了美貌和智慧。

她的美貌让全校所有青春期男生发誓此生只爱她一个，而她的学习成绩年年稳坐年级第一名的宝座又好像在无形之中设置了一道很高的门槛，让众多男生望而却步。

熊韬便是这众多男生中的一个，喜欢又不敢靠近，靠近又不敢说话。可是他比大部分男生幸运，幸运的是，他与米兰同班。在无数次上课走神、无所事事的时候，他都可以偷偷看一眼坐在前排的米兰，就算只能看到一个背影，也无比幸福。

他的嘴角洋溢着幸福的微笑，这次终于有充足的理由与米兰搭讪了，一定要好好表现，让米兰觉得自己很独特。

第三章 熊姓秘密

熊韬提起放在沙发上的书包，从家里走了出来，可是没想到院子的角落里趴着一只虎斑猫。这是谁家的野猫，也不好好管管？

起初他并没有在意，锁上门离开了院子，走在去往学校的马路上。他本以为再也见不到那只猫了，然而令他没想到的是，就在拐角处，那只猫又出现了。

“啊——”他停下了脚步，看着站在前面挡住了他去路的猫，非常诧异。

猫见熊韬停住了就一步一步向他走过来。

也许是最近老做梦的原因，不管看见什么，就算这东西再普通，熊韬也会将它的出现当成怪异的事情。他觉得这只猫很恐怖，应该是一只猫妖。想到这儿，他吓坏了，就像生命受到了威胁，做出一副拒绝的模样，说道：“你到底是谁？”

但是那只猫好像听不见熊韬的话，依然一步一步向他靠近，咄咄逼人。

就在他以为这只猫走到他面前会幻化成一只恐怖的猫妖将他一口活吞的时候，米兰正好出现了。总算看到救命稻草了，熊韬也一扫以前在米兰面前的羞涩，向米兰招手喊道："嘿，米兰。"

猫见有人来，突然消失了。熊韬好像获救了一般，跑到米兰面前。米兰看着脸色有些苍白的熊韬，正要问刚刚那只猫哪去了。不过熊韬早就不把那只猫当回事了，抢在米兰之前，开口说道："米兰，我有一个非常非常重要的学术问题想请教你。"

"什么学术问题？"

米兰语气相当柔和，这让熊韬似乎有一种得逞的感觉，他说道："我记得你以前在一堂历史课上与老师讨论过甲骨文，还记得吗？"

米兰点点头，说道："甲骨文是殷商时期王公大臣用于占卜的工具，一般都掌控在统治阶层手里——"

"我给你看样东西。"熊韬赶紧打断米兰的话，要是再让米兰继续讲下去，讲一天也讲不完。他从口袋里拿出手机，打开相册，说道："你帮我看看这是什么玩意。"

米兰接过手机，看着图片，问道："怎么了？"

"这啥意思？"

"这是五个字。"

"什么字？"

"楚王室后人。"

"谁啊？"

"这五个字就是'楚王室后人'。"

米兰一个字一个字指给熊韬看，熊韬终于记起爷爷曾经跟他说过"楚"字的含义。爷爷说"楚"是由和组成，是荆棘丛生的意思，是脚的意思，从"楚"字的组合也看得出楚人立国的艰辛——在茂密的荆棘之中，光着脚，建立了一个国家。

"你是在哪看到的这五个字？"米兰问。

"在我们自己的《熊氏族谱》中看到的。"

"《熊氏族谱》中看到了'楚王室后人'？那是不是说，你们熊氏一族是楚国王室的后人？"米兰大有所悟。

"有关系吗？"熊韬问。

米兰启动脑电波，就像大数据搜索一般在大脑里搜索关于熊姓与楚的关系。

"《史记·楚世家》中明确记载，楚之先祖鬻熊出自颛顼高阳，高阳乃黄帝之孙。周文王之时，鬻熊子事文王，蚤卒。其子曰熊丽。熊丽生熊狂，熊狂生熊绎。周成王之时，封熊绎于楚蛮，居丹阳……”

米兰算是将《史记•楚世家》有选择性地背诵了一遍，但是熊韬并不懂得其中的意思，一脸迷惑地看着米兰。

米兰被看得有点不好意思了，像是打破尴尬地说：“这么说吧，楚国正是芈姓先人熊氏先祖开创的，熊氏自然而然成了尊贵的楚王室**姓氏**。而你，熊韬，你的血液里很可能流淌着中华民族最古老最尊贵姓氏的血液，你就是楚王室后人。”

> **注 解**
>
> **姓氏**
>
> 姓氏是由“姓”和“氏”两个词组合来的。先秦姓是用来囊括同祖子孙的称谓，而氏是用来区分子孙之间族群的称谓；男子称氏，女子称姓。春秋战国时期的楚国，国姓为芈，这是楚国祖先的姓，整个楚部落都姓芈。但是楚部落也有高低贵贱之分，而熊是楚王专有的氏，只有楚王才能称熊氏，代表高贵以及无人能及的权力。譬如西楚霸王项羽，芈姓，项氏，说明项羽也是楚部落一员，项氏一族。

“真的吗？”熊韬又用难以置信的眼神看着米兰，米兰却坚定地点点头。

难道这一个多月来，爷爷天天闯入他的梦就为了告诉他他是楚王室后人？虽然经历了几千年的战争、逃荒、迁徙，就算如今站在楚国的大地，这其中的真伪也无法辨别，但谁又不想与皇亲国戚沾点儿边？谁又不希望自己的血统高贵而尊荣，以至于让人所仰望呢?

熊韬欣喜若狂，这个消息来得太是时候了。尤其关于他身世的秘密是自己暗恋的女孩米兰告诉他的，这让他站在米兰面前的自己形象瞬间高大了很多，信心也增强了很多。

一直以来，他都认为自己只是一个普通得不能再普通的人。论成绩一塌糊涂，上次还考了一个全班倒数第二；论长相，普通得不能再普通。这样一个要智慧没智慧，要长相也没长相的男生，又怎敢妄想讨得米兰的欢心呢?

可是现在不同了，他是米兰亲口承认的王室后人。一个王室的后人，虽然成绩差点，长得一般，但终归还是能与这位美貌与智慧并存的女孩并肩行走而不会感到恐慌吧。王子配美人，应该是这天底下最般配的吧。

米兰见熊韬似乎陷入了妄想之中不可自拔，拉了拉熊韬的手："好啦，好啦，尊贵的王子，快跑啦，要迟到了。"

熊韬跟在米兰后面跑，叫苦连天，就算是楚王室后人，也没一点儿迟到的特权啊，这王室后裔做得也太窝囊了吧!

熊韬和米兰同时出现在教室门口的时候，班上男生女生都露出一脸不可思议的样子。这让一众男生眼红，恨站在米兰身边的人不是自己；又让一众女生嘲笑，原来女神的眼光也好不到哪里去。

不过米兰并不介意，她径直走向自己的座位。熊韬呢，也没把这当回事，他心里还在想，你们这些人，以为我没资格与米兰站一起吗？告诉你们，我可是楚王室后人，尔等都是我的臣民！然后雄赳赳气昂昂地走到了自己的座位——最后一排靠窗户的位置。

熊韬刚刚坐下，一张肥大的脸从左边凑了过来，压迫得他有些喘不过气来。他往后挪了一尺，原来正是同桌庞朱，正一脸崇拜地看着他，问道："小韬，你是怎么做到的？"

庞朱，随母姓庞，取名父姓朱。他之所以随母姓，是因为外公外婆家里没有男孩，而他们又特别喜欢男孩，于是让外孙随了母姓。

庞朱原本不胖，但在他读三年级的时候害了一场大病，后来就得了肥胖症，不管怎么减肥都减不下去。肥胖症几乎让他自暴自弃，加上年年考班上倒数第一，曾经有段时间已经到了绝望的地步。

自从熊韬考了倒数第二，搬到最后一排与他同桌之后，情况完全发生了改变。因为每一次，当熊韬看见庞朱手里那张鲜红的零分试卷时，熊韬都会安慰他、鼓励他，这让庞朱非常感动，感觉这个世界上也只有熊韬对他最好了，他对熊韬的崇拜之情简直无法用语言来表达。

“什么怎么做到的？”熊韬看着两眼眯成一条缝的庞朱，反问道。

“就是你跟——”庞朱没有说出米兰的名字，却用手指了指米兰。

“哦——”熊韬笑了，他正想把自己是楚王室后人的秘密跟人分享，以此满足自己的虚荣心，这时，那只讨厌的虎斑猫又出现在了窗口。

庞朱见熊韬一直死死地盯着窗外，催促道：“小韬，你快说啊！”

熊韬指着窗外：“你没看到那只猫吗？”

庞朱顺着熊韬手指的方向看了一眼窗外，什么也没看见，他又揉了揉眼睛，依然没见到窗外有什么猫。

“你说什么啊，小韬？”庞朱一脸疑惑地看着熊韬。

熊韬觉得很奇怪，明明猫就站在窗口，为什么庞朱会看不见呢？他正想拍拍前桌的同学，让他确认窗外是否有只猫的时候，语文老师正好进来了，而当他再次转过头要去看那只猫的时候，猫又不见了。

这只猫到底在搞什么？时而出现时而消失，难道它的出现也像爷爷托梦那般要给他什么提示？可是给提示你得讲句话吧，这样阴魂不散会把人吓死的。

或者说它通过什么特异功能已经知道自己是楚王室后人，想来巴结以此成为楚王室宗亲猫吗？想来这猫真精明。

这一堂课语文老师讲了什么他一点儿都没听进去，满脑子都是那只奇怪的猫，晚上爷爷在梦里纠缠他，白天这只猫又纠缠他。

他双手紧紧地抱着快要炸开的脑袋："若爷爷是亲爷爷，他应该从梦里走出来，将那只讨厌的猫赶走，永远都不要在他的视线中出现了。爷爷，亲爷爷，快来救救我！"

语文老师上了点儿年纪，属于学院派教师，一板一眼严肃了几十年。她见熊韬又抱着头倒在课桌上，立即火冒三丈，将书本重重地扔在讲桌上，厚重的黑色镜框往鼻梁上使劲一推："熊韬同学——"

虽然语文老师声如洪钟，全班同学吓得哆哆嗦嗦，但是熊韬好像一点儿都没听到，依然抱着脑袋，纹丝不动。

语文老师的脸被气得通红，庞朱见她就要发动第二波“原子弹攻击”了，慌忙推了一下熊韬。熊韬完全没准备，差点被庞朱推到地上去。

熊韬一脸惊讶地看着庞朱，想问他为什么推自己。庞朱使了使眼色，熊韬听到班上一点儿动静都没有，终于恍然大悟。

“熊韬同学。”

“到。”熊韬慌忙从座位上站了起来。

“在我这三十几年的教学生涯里，从来没有见过一个同学居然早上第一节课就趴在桌子上睡觉的。”

“老师，我——”熊韬本想跟老师解释，并告诉老师，他也很想做一个像米兰那样品学兼优的好孩子，可是最近一连串诡异的事情发生在他身上，让他苦不堪言。

但是语文老师根本不给他任何申辩的机会，喝道：“不要浪费班上其他同学的上课时间了，马上站到外面去！现在就出去！”

熊韬低着头，在所有同学鄙夷的目光中离开了座位，从后门灰溜溜地走出去，站在冷寂的走廊上，任微风吹拂起了衣角。

教室里的语文老师似乎还不解气，又用熊韬作为反面教材教育同学：“同学们啊，上课就要有上课的样子，如果要睡觉，为什么不躺在家里睡呢？家里的床更大，躺着还舒服……”

隔着窗户，听到语文老师讲了一大串道理，但熊韬一点儿也听不进去，他寻思着，如果语文老师知道他的身世之谜，会不会对他好点儿呢？到时候封她一个太傅做做——可是现在，哎，落魄的王族。

他双手抱着后脑勺，趁老师看不见，靠在墙壁上，凝视着斜上方的天空。刚刚还是艳阳高照的天空，此刻已变成了银灰色。更让人难以置信的是，银灰色的天空突然出现一面旌旗，那旌旗上印着一个大字，正是楚。

只见楚旗挥舞，继而锣鼓喧天，战马嘶鸣，刀枪棍棒激烈对抗，喊杀声此起彼伏。突然天边“啊”的一声，一滴鲜红的血染红了天空，那血红色让熊韬心生恐怖，快要窒息了。

最近他的神经已经严重过敏，看见一只猫都以为是阴谋，更何况是这血红色的天空。妖怪，妖怪，一定有妖怪，他来不及多想，冲进教室前门：“报告老师！”

老师正在写板书，被熊韬这突如其来的报告吓了一跳，手里捏着的粉笔也掉在了地上。老师气汹汹地看着熊韬：“不是让你站在外面吗？”

“不得了了，不得了了，天上来了妖怪。”熊韬希望语文老师赶紧带着大家逃离这里，以免被妖怪抓去。

语文老师心想这孩子真着了魔，没救了，喝道：“我看你才是妖怪。”

“哈哈哈——”全班同学没忍住，哄堂大笑。

熊韬急了，解释道：“不信老师出来看这天，都被血染红了。”

语文老师紧盯着熊韬的眼睛，见他好像没有撒谎，就从讲桌上走了下去，走到教室门口，推了推镜框，抬头看了一眼天空，天空艳阳高照，不是好好的吗？哪里被染红了？语文老师气坏了，双手叉腰，狠狠地盯着熊韬：“熊韬同学，你是在捉弄老师吗？”

熊韬被语文老师的气势压得喘不过气来，像只胆小的老鼠一般回转过身看了一眼外面的天空，好奇怪，刚刚还是血红色的，怎么又突然蓝天白云呢？

熊韬低着头，心里嘀咕着：“这到底是怎么回事？”

“你给我老老实实站在走廊上。”

“可是——”熊韬还想解释，可是语文老师马上打消了他的念头，“听好了，就算天塌下来，你也不许乱跑，给我老老实实站在那儿！”

语文老师将熊韬关在门外，他看着这扇冷冰冰的门，默默地站在那儿，一动不动。他崩溃了，这到底怎么了？是脑子有问题，经常产生幻觉，还是这个世界有问题？

就在这时，他感觉脚下好像有什么东西在蹭他的裤脚，低头一看，吓得差点尖叫起来，那只诡异的虎斑猫不知什么时候跑到了他的脚下。

他想一脚将这只讨厌的猫踢开，可是不知道为什么，又突然产生了“同是天涯沦落人”的感觉：“虽然不知道你什么来历，看起来也有些怪怪的，但是你现在是我唯一的朋友。”

熊韬一边说着，一边弯下身子。虎斑猫起初有些胆怯，就在熊韬的手指触碰到猫身上的时候，猫并没有拒绝，让熊韬将自己抱了起来。他们就像被这个世界遗弃的孩子，此刻正好可以相依为命。

第四章 墨家大侠

熊韬并不知道自己抱了多久的猫，但是有一点很确定，他有点儿尿急，现在很想去上厕所，可是下课铃声一直没响。

他鼓起巨大的勇气敲响了教室的门，决定向老师打个报告去上厕所。虽然他知道等待他的又将是一场狂风暴雨般的怒骂，但是人有三急，憋不住啊，尿裤子的话就要成为全校的笑话了。要是传出去，堂堂楚王室后人居然也尿裤子，简直丢死人了。

敲了好一会儿门，却没有人开门，他将耳朵贴着门，也没听到教室里有任何响动。他再次鼓起巨大的勇气，就算被语文老师劈了，也要推开门，向老师报告他要去上厕所。

就在他推开教室门的时候，眼前的一切让人难以置信，只见一块石碑出现在他的面前，上面刻着四个简体字“九灵王朝”。他以为又是幻觉，慌张中正想将教室门关上，可是门也消失了。

他本想后退一步跑到走廊去喊人，可是发现脚下好像被什么东西牵绊，低头一看，没想到满地都是茅草，疯狂长出的茅草伸入他的裤腿，弄得他有些痒痒。

他抬起脚，正想从这儿逃离，却看见那石碑后面似乎有人影。熊韬吓了一跳，差点大喊一声“鬼”啊，只听见虎斑猫“喵”的一声，抢先冲了过去。

“喂，等等我。”

熊韬也很奇怪，原本要逃离这儿的，却没想到跟着虎斑猫一同跑了过去。令他大吃一惊的是，米兰居然晕倒在石碑下。

“喵——”虎斑猫站在米兰身旁，看着熊韬。熊韬这才明白，原来虎斑猫嗅到了米兰的气味，带他来救她。

“米兰，醒醒。”熊韬跑过去，蹲在米兰旁边，把她的头抱起来靠在自己怀里。米兰渐渐睁开眼睛，见眼前一片荒芜，便问这是哪儿。

熊韬也云里雾里，不知道这是哪儿，说自己原本站在走廊上的，推开教室的门，就到了这儿。

米兰摇了摇昏沉的脑袋，之前她还在认认真真听老师讲课，可是怎么就到了这儿呢？完全想不起其间到底发生了什么。她从地上站起来，本想拿出手机定位，可是搜遍全身也没找到手机。

“你的手机呢？”米兰问。

熊韬正要从口袋里掏，可是手机也不见了，一脸自责，说道：“怪了，我记得手机明明放在口袋里的。”

米兰拍了拍身上的枯草，说道：“先离开这儿，找个人问问再说。”

熊韬带上了虎斑猫，与米兰一起从荆棘丛中走出来，走到那条散发着泥土气息的山路上，却看见一群古老装束的人正推着土车从这儿经过。土车上装满了箩筐、粗布、包裹等物品，他们不像是搬家，看起来更像是逃荒。

米兰大喜，不管这群人看起来多么古怪，她只想打听到这是哪里。可是当她跑到人群里，还没开口说话，人们便露出了恐慌的神色，加快了行进的步伐，沿着岔道逃走了。

“禁咒开启，楚国有妖，快跑啊！”人群中有人大声喊起来，不远处又传来了婴儿的啼哭。不一会儿，那群逃荒的人就跑得无影无踪了。

“妖？”熊韬一边摸着自己的脸，一边看着米兰，问道，“他们是说我们是妖吗？”

米兰摇摇头，却一眼看到了熊韬左手手指上的伤口，问道：“你的手怎么了？”

熊韬伸出手，见手上划开了一个口子，还在滴血，赶紧擦拭了一下伤口，说道：“没什么，也许刚才被荆棘划破了吧。”

“得包扎一下。”米兰转身摘了一片光滑的树叶，并从那带刺的荆棘上摘下几颗荆棘果，剥开咬碎，吐到树叶上，看着熊韬，说道：“把手伸出来。”

“怎么了？”

“这荒郊野岭的，要是不及时对伤口进行处理，很可能会得破伤风，到时就麻烦大了。”

米兰说的不无道理，熊韬乖乖伸出手，米兰将嚼碎的荆棘果铺在熊韬的伤口上，然后从衣服上抽出一根线，将伤口包扎好。

熊韬兴奋不已，曾经很长一段时间都以为像米兰这样的女神应该是一个高冷的人，没想到现实中的她这么温柔体贴，他倒希望自己受更重的伤，这样一来或许能得到米兰更多的照顾吧。

他们继续往前走，走了不知道多久，在前面的山坡上出现了一座木房子。米兰大喜，想必那家主人一

定会告诉他们这是哪儿。他们爬上了坡，见那木房子门前还有一座茅草搭起的庭院，庭院下摆满条形板凳和简陋的木桌，却空无一人，看起来有些阴冷。

米兰指着门口梁柱上挂着的旗帜，说道：“这是一座面馆。”

“你是说那是一个‘面字’？”熊韬指着旗帜上的那个字问道。

米兰点点头。熊韬觉得无趣，心中抱怨店家为何不写点儿大家都认识的现代简体字，而老写老祖宗的文字。

但抱怨归抱怨，想必是早上没吃饱，加上刚才又走了那么久的路，确实有些饿了。熊韬正要入座，却被米兰拉住了，说道：“快问问老板这是哪儿，我们得赶回学校了，要不然老师会把我们当旷课处理。”

虽然熊韬很想一直与米兰独处下去，可是见这荒山野岭的，他也想早点离开这儿。

屋内出来一个强壮的中年男子，米兰正要向他请问这是哪儿。可是熊韬见这人头发后盘，身穿粗布补丁衣服，脚踩一双草鞋，与之前那群逃荒者打扮相似，忍不住笑道：“老板，你们这是看多了古装电视剧还是在演戏啊？都穿得奇奇怪怪的。”

老板一脸严肃，目不转睛地盯着熊韬，欲说还休。熊韬以为刚才说错了什么话，让老板不高兴了，正要道歉，没料到老板放下手中的茶壶，向他作揖，问道："公子姓熊？"

怪了，这大叔好像认识他似的，熊韬点点头。

老板脸上一紧，追问："熊韬？"

熊韬脑中翻江倒海，反问："大叔，您认识我？"

大叔"扑通"一声跪在熊韬面前，熊韬见状不知所措，慌乱中要去扶起大叔，但是大叔死死跪在地上，不敢抬头，说道："在下刚才多有冒犯，请太子恕罪！"

太子？熊韬和米兰面面相觑，难道我真的是楚王室后人？还是太子？这难道又是在做梦吗？熊韬伸手掐了一下自己的脸，痛得"哎呀"大叫一声。

跪在地上的大叔以为有人袭击太子，抬起头，却见太子脸上通红。

"太子怎么了？"大叔极为紧张。

"没，没什么。"话是这么说，但是熊韬心里乐得很，这一出接着一出的无厘头剧情，不知道是真实还是梦境，如果是个梦，他希望永远别醒来，就让自己永远是太子，永远和米兰在一起，永远享受别人的跪拜之礼。

“在下乃是蜀山墨家弟子柯六，在此恭候太子多时了。”

“墨家弟子？”

熊韬眼前一亮。墨家乃是墨翟所创，与孔子的儒家、老子的道家并称为汉民族的三大哲学体系。墨家崇尚“兼爱、非攻”，后来发展成两个门派，一个专攻学术，一个为游侠。后世江湖武林侠义之士，其侠义精神多是从墨家传承下来的。

见大叔这番打扮，以及他的言谈举止，想必不是做学问的，那应该是游侠。柯六问道：“难道太子对墨家有所了解？”

“墨家行侠仗义，兼爱世人，乃是后辈学习的典范。特别是墨家在光学、动力学、几何学上的辉煌成就，更让后世汗颜。”熊韬说道。

柯六听得云里雾里，挠挠头，**巨子**可没跟他们讲过光学、几何学什么的，太子是不是搞错了？

> **注　解**
>
> **巨子**
>
> 巨子是墨家学派中对领导人的称呼，世人也称之为“巨子”。在《吕氏春秋》中可考证的有孟胜、田襄子、腹朜等人。墨子虽然是墨家第一代领袖，但并没有担任过巨子。现常见的有文坛巨子、商界巨子等称誉。

米兰也一脸惊呆样，没想到熊韬居然对墨家还有些许了解。熊韬微微一笑，在米兰面前班门弄斧了。

“太子学识渊博，在下佩服。”柯六从地上站起来，说道，“不过此地不宜久留，我们必须马上离开。”

“发生什么了？”熊韬真的入戏了。

“太子不知道吗？”柯六反而有些惊讶。

熊韬和米兰都在摇头，表示不知道。

“原本现在这个时候你正在祭祀场，你差点就要开启禁咒，可是后来时空混乱，你从祭祀场消失不见。后来我们得知你会在这里出现，于是在这里等你，一旦见到你马上将你转移到安全的地方。现在我们必须马上离开这儿，以防景昭的人马追来。”

柯六一咕噜得说得太多，熊韬一点儿没明白，不过却听到了一个熟悉的名词——禁咒，之前那群逃荒者也提到了禁咒。可是禁咒到底是什么呢？他本想向柯六打听，面馆外面却突然吹来一股诡异的风。

三人一起转过身，想探得那风从何而来，却见那挂在梁柱上写着“面”字的旗帜突然飞出三把飞刀，刀刃锋利，速度极快。三人根本没有反应时间，眼睁睁地看着那飞刀就要射穿自己的身体。就在此时，面馆内“嗖”的一声射出一支流箭，将三把飞刀射落在地。

三人望着头部已没入地下的流箭，瞠目结舌：世间谁能有如此精湛的箭术，只需一支箭就能射落从不同方向飞来的三把飞刀？

“果然是楚国第一箭士养由基的后人，今日得见，果然不同凡响。”

三人抬头，不料面馆不知何时已经被九名骑着黑马的蒙面杀手包围，黑马整整齐齐，纪律严明，列成一排。为首的那人虽然蒙着面，但是从那柳叶弯眉就看得出是一个女人，而刚才讲话的正是这个女蒙面杀手。

随后，面馆内走出一位穿着金色铠甲的少年，这少年背上背着流箭，手里握着一张弓，站在屋檐下。柯六大喜，早该想到的，当今之世，箭术如此精湛的只有一人，那就是养天啸。

正如女蒙面杀手所说，养天啸是楚国名将箭术天下第一，有“百步穿杨，百发百中”之称的楚国名将养由基的后人。传说那养由基，一箭能射穿七层铠甲，有“养一箭”之称。今日养天啸同样一箭射落三把飞刀，果然名不虚传。

柯六走到养天啸跟前，双手抱拳，说道：“养将军，你怎么会在这里？”

“正好路过，见此地杀气甚重，没想到你们居然遭遇杀手。”养天啸说道。

柯六感激不尽："刚刚多亏出手相救，否则我们就要命丧黄泉了。"

养天啸目光犀利地看着外面的九大杀手，对柯六说道："你快带着他们离开，这里交给我了。"

"大胆养天啸，竟敢阻挠公务，一起拿下。"女蒙面杀手的情绪说变就变，刚刚还好好的，这会儿就像是吃了炸弹。

外侧四大杀手得令，从马背上一跃而起，提起剑就向养天啸杀来。作为名门后裔，养天啸不急不躁，搭弓引箭，一箭射向那四大蒙面杀手。那四大蒙面杀手早已预料养天啸会有此招，四人合而为一，口中念道："魂兮归来，入修门些。"

只见那四剑之中形成一扇修门，流箭射入修门，就像魂魄进了鬼门关，有去无回。养天啸大吃一惊，本以为这些蒙面杀手蒙着脸只会使歪门邪道的招式，没想到这剑招居然和《楚辞》中的《招魂》有关，这让一向以楚国正统自居的养天啸也心头一震。

既然如此，那就来点儿真的吧。养天啸准备从后背的竹筒中取出流箭，但那四大杀手似乎总能预判到他的招式，快进一步，近距离将他围了个严严实实。养天啸大吃一惊，这么近的距离，箭又如何施展得开？

站在一旁的柯六见养将军身陷包围，大喊一声：“养将军，我来助你。”然后纵身一跃，踩在木桌上，取下挂在悬梁上的宝剑，与养将军站在一起，对抗四大杀手。

女蒙面杀手大喜，终于将柯六从熊韬身边引开了，她挥了挥手，剩余四大杀手得令，从马背上一跃而起，向熊韬和米兰杀来。

柯六惊呼大事不好，正要冲出包围圈保护太子，四大杀手上前一步，口中念道：“魂兮归来，入修门些。”

养天啸这才意识到他们一起中了“招魂”术，进了修门，只怕很难出去。柯六也意识到他们中招了，悔不当初，只怪刚刚鲁莽中了蒙面杀手的调虎离山之计，现在就算硬拼也无济于事。

熊韬和米兰一直到现在也是蒙的，分不清这到底是真实还是虚幻。只见那另外的四大杀手正向他们杀来，他们也没多少反应。柯六正要向他俩大喊一声“赶紧逃啊”，可是在蒙面杀手面前，他们又能逃到哪儿去？

然而就在此时，只听见沉寂了许久的天空突然传来一个雄浑厚重的声音：“魂魄归来，无远遥只；魂乎归来，无东无西，无南无北只。”

这五句话正是《楚辞》中的《大招》心法，心法汇聚，形成声波，从天而降，将正向熊韬和米兰杀来的四大杀手阻挡，将包围着柯六和养天啸的四大杀手冲散。养天啸不知发生了什么，柯六却顺势跑到熊韬和米兰身边，问道：“太子，没事吧？”

熊韬摇摇头，只是不知道何方神圣，用了什么法术将八大杀手打得七零八落。有同样疑问的还有女蒙面杀手，依据刚才那五句话，这分明是《楚辞》中《大招》心法。到底是谁用《大招》化解了“招魂”？

众人抬头望去，只见一位穿着优雅、风度翩翩、年轻俊秀的公子，站在雄鹰的后背上缓慢降落，落在屋顶。

柯六大喜，喊道：“沈公子，你终于来了。”

养天啸问道：“谁？”

“他正是我们墨家巨子的关门弟子沈木。”

养天啸点点头，原来眼前这位正是墨家少侠沈木，闻名不如一见。沈木从巨鹰后背上飞了下来，熊韬只看了一眼，就有一种很特别的亲切感，好像在哪儿见过。

沈木走到柯六跟前，说道：“柯大哥，请带太子和大家先走。”

熊韬听着有些别扭，怎么又有人称呼他为太子啊。

“你呢？”柯六不无担心。

沈木从腰间拔出宝剑，说道：“放心吧，只要你们安全，我就没事。”

柯六带上太子和米兰，纵身飞上巨鹰，虎斑猫跟上。熊韬站稳，才发现这不是一只真鹰，而是一只巨大的木鹰。天呐，他不禁赞叹，就和真的一模一样，墨家果然是墨家，巧夺天工之能匠。柯六正要走进驾驶室，却见养天啸并未上来，喊道：“养将军，我们一起走吧。”

不料养天啸站在原地并未动弹，看了一眼旁边的沈木，说道：“久闻沈公子大名，今日能与沈公子并肩作战，乃是我的荣幸。”

沈木见这少年一身铠甲，加上那背在身上标志性的流箭，便知他正是一代名将养由基的后人，今日得见，颇有英雄惜英雄的感慨，说道：“养将军戍卫边疆，保家卫国，岂敢有劳？”

养天啸笑道：“就算保家卫国也得先斩妖除魔。”说罢，搭弓引箭，四箭齐发，射向那还有些狼狈的杀手。女蒙面杀手眼疾手快，从马背上一跃而起，挡住了四箭，对站在对面的沈木和养天啸说道：

“你们以为这样就结束了吗？”

八大蒙面杀手趁此一扫狼狈，迅速集结。

沈木转过头朝柯六大喊一声：“先走吧。”

柯六点点头，跑入驾驶室，拉动机关，巨鹰启动，展翅高飞。那女蒙面杀手岂会让楚国太子轻易逃离，从地上一跃而起，向巨鹰飞去。

沈木正要追上去，没想到八大杀手群起围攻，沈木应接不暇。养天啸立刻搭弓引箭，准备一箭射落女蒙面杀手。

没想到那女蒙面杀手身手矫健，将飞来之箭踩踏于脚下，回头看一眼养天啸，说道：“谢了。”养天啸大为吃惊，太大意了，没想到那女蒙面杀手居然搭载飞箭，以更快的速度飞向巨鹰。

柯六见女蒙面杀手正朝巨鹰飞来，望着熊韬和米兰，问道：“你们谁会驾驶吗？”

“让我来吧。”

米兰的自告奋勇出乎柯六的意料，这个姑娘从头至尾没讲过一句话，说的第一句话就让他对她刮目相看。

“米兰绝对没问题。”熊韬打包票，在他眼里，女神无所不能。

“那好。”柯六让米兰上前，简单教了一遍之后就要离开驾驶室，“顺着风一直往前飞，自有墨家弟子前来接应，到时候就安全了。”

“你要去哪儿？”熊韬问。

“太子，你一定不能出事。”柯六说完，转身从巨鹰后背上跳了下去，正面迎击那女蒙面杀手。

第五章 坠入鲲鹏

顺着风，米兰驾驶巨鹰已经离开面馆很远了。熊韬时不时回头看，并不见有人追来，想必已经将女蒙面杀手甩掉了。

熊韬总算松了一口气，不无神气地说道："米兰，如果我们驾着这只巨鹰飞回去那一定会全校轰动的，兴许国家再也不会让我们读书了，而是破格录取，要是真被破格录取，你觉得我们应该选一个什么学校好呢？但是不管怎么选，最好那个老师——"

"我们连这里是哪里，连东南西北都分不清，又怎么回去呢？"虽然熊韬说了一大堆，但是米兰依然镇定自若。

"这个简——"熊韬原本想从口袋里掏出手机，用手机定位方位，可是手机早就不见了。他抱着头，非常懊恼："都怪我，刚刚忘了问他们这是哪里。"

“不要自责了，到了下一站再问也不迟。”

熊韬抬起头，看着正在聚精会神驾驶的米兰，问道：“米兰，你觉得我们现在真实吗？”

“什么意思？”米兰依然望着前方，完全没有看熊韬一眼。

“你说我们现在是在做梦，还是真的发生了这些事情呢？”抛却这荒山野岭的孤冷让他感到害怕之外，他真的很想就这样一直与米兰乘坐着这只巨鹰飞在天空中，神仙侠侣，不过如此吧。

米兰摇摇头：“梦哪有这么真实？”

是啊，梦境飘忽不定，哪有这么真实？

“但是不管这是真的还是假的，我们都不能输，对吗？”

对于学霸米兰来说，任何事情她都不想输，这太正常了。可是对于熊韬而言，如果是假的，输赢又有什么关系呢？他抱起虎斑猫，趴在驾驶室窗口，安静地看着白云下金黄的稻田，看着远处山脚下的人家，就像书本上的彩色插图一样漂亮。

“快看前面。”

熊韬抬头望去，没想到前面山峦起伏，群山之间云雾缭绕，那云雾吸纳吞吐，有如沧海，异常壮观。

“那是云海，”米兰兴奋地说道，“以前我以为像峨眉山或者黄山那样的名山才有云海的，没想到在这里也能看见。”

巨鹰渐渐靠近云海，风也渐渐变小。没有风力，巨鹰飞得越来越慢越来越低，眼看着就要飞入云海了。

难道墨家弟子就在云海接应他们吗？想到这儿，熊韬笑了，说道：“真没想到墨家弟子居然在这么好的地方接应我们，哈哈，他们可真想得出来，正好我们可以到云海泡个澡。”

“你不觉得有些怪吗？”对于这件事，米兰非常谨慎。

“哪里怪了？”熊韬并未看出什么异常。

“你看那些云浪还在翻腾，说明云海下面有暗流，既然暗流涌动，那就一定会有风，但是现在风力却在减小，不奇怪吗？”

虽然熊韬理不清暗流涌动与风的关系，但是有一点他很明白，既然云海在动，为什么空中没有风呢？这确实很奇怪。

“喵——”虎斑猫忽然焦躁地叫了几声，似乎有所不适。米兰极为机警，猫是充满灵性的动物，之前都安安静静的，可是到了云海却反应异常，看来云海有问题。她看着前排那个红色的拉手，柯六临走之时特别交代，一旦遇到紧急问题，就可以启动这个开关。

“坐好了，我们要离开这里。”

米兰用力拉动那个红色拉手，本以为巨鹰会像火箭一般逃离升天。可是“轰”的一声，巨鹰尾部突然爆炸，木屑四处乱飞，驾驶室立刻失去平衡，左右晃动起来。

“啊——”熊韬一手紧紧抓住驾驶室的门，一手抱着猫，喊道，“米兰——”

米兰急得额头冒冷汗，柯六明明说危急情况可以启动紧急开关的，可是为什么会出现这种状况呢？

她想将红色拉手复位，突然“当当当当——”的声音从巨鹰的两翼传来。“不好。”米兰尖叫一声，原来支撑巨鹰动力系统的齿轮自动转动，羽翼向内收缩。没有翅膀的鸟儿哪里还会飞？巨鹰完全失控了，垂直向云海坠落。

“啊——”熊韬吓得脸都青了。

米兰脑中一片空白，云海不是真的海，海水有浮力，但云海都是浮云，浮云之下更是险峰，掉下去一定都会摔死的。

然而就在他俩以为要死了的时候，只见那只虎斑猫突然从熊韬手中跳了下来。“危险！”熊韬想将猫

抓住，可是猫已经跳出驾驶室，跳到了鹰背上。

“危——”就在这一惊一乍中，熊韬发现虎斑猫安然自若地站在那儿，一点儿事情都没有。他看了一眼米兰，米兰正站在驾驶室窗口，眺望着无边无际的云海。

谁都想不到，巨鹰并未穿过云海继续坠落山谷，反而被浮云接住，就像一叶扁舟般漂浮在云海上。云浪一个接一个向巨鹰打来，巨鹰完全无法驾驶，随云浪飘向云海中心。

“哇——”熊韬笑容满面，将手探出驾驶室，拨弄云浪，就算袖子被打湿也无法抑制他的雅兴。

“这不科学。”

“管他科不科学，没死啥都科学。”熊韬见不远处好像有一座小岛，兴奋地说道，“米兰，要不我们划到那座小岛玩玩吧。”

“在云海上没有小岛，那是一座山峰。”米兰说。

“山峰更好了，我们可以顺着山峰下去。”

熊韬说的也没错，就算刚才没摔死，再晚一会儿要是还没离开云海也会冻死。

“喵——”

米兰再一次机警地看了一眼站在鹰背上的虎斑

猫，她越发觉得这只猫非同寻常，可是也不知道该如何形容它。好像它能预测到什么似的，但却又不是那么回事。

“这是你们家的猫吗？”对于这个问题，今天早上刚碰到熊韬的时候，米兰就想问的。

“不是。”熊韬从驾驶室后面找来了两块板子，他想将巨鹰划到那座山峰。

“哦？”米兰觉得不可思议。

“我也不知道该怎么说，今天早上这只猫趴在我家院子的角落，然后一直跟着我，就到了这儿。”熊韬一面拼命地划，一面说道。然后似有抱怨：“奇怪，怎么划不动呢？”

“这么大的巨鹰，哪里划得动啊？”米兰拿出一个锯子，走出了驾驶室。

“你去干吗？”熊韬问。

“当然是从巨鹰身上割下木板，然后我们一起划过去。”

“对啊，我怎么没想到？！”

米兰走到猫咪面前，蹲下来抚摸着猫咪，猫咪身上居然全是雾水，湿漉漉的，但米兰并不介意。她转过头，对熊韬说：“既然我们跟这只猫这么有缘分，那给它取个名字怎么样？”

熊韬也从驾驶室拿出了一个锤子，说道："取个什么名字呢？"

"既然你是在早上发现这只猫的，那就叫阿早吧。"

"阿早是男孩名字还是女孩名字？"熊韬琢磨着，正要与米兰讨论一番，可是那只虎斑猫似乎对这个名字非常喜欢，趴在地上，洋洋得意。

两人走到巨鹰的尾部，从刚刚爆炸的部位入手，锯下了十几块木板，拼凑成了一座木舟，推下云海。本以为大功告成，正要跳上木舟，可是那木舟却沉入了云海，没有浮起来。

"怎么回事？"熊韬再扔下去一块木板，木板依然没有浮起来。

"一定是浮云太厚了，肯定在浮云下面。"熊韬不信浮云没浮力，将手中的锤子砸了下去，本以为会听到锤子与木舟相撞的声音，却没想到云海里面传来一声惨痛的"嗷——"的声音。

瞬间，巨鹰又晃动起来。

"不好，云海里有猛兽。"

沉寂了一会儿的云海，云雾渐渐地淡去，"啊——"熊韬尖叫一声，吓得两腿发软。

只见一条长着四只眼睛像蠕虫一样的怪物渐渐从

云雾中浮起。那怪物左边两眼外凸，右边两眼凹陷，鼻孔吐着两根长长的胡须，胡须黏黏糊糊，伴随着湿漉漉的云雾，仿佛空气都变得黏稠恶臭了。

那怪物四眼通红，恶狠狠地盯着他们，仰起身子张开血盆大嘴，朝他俩咬来。熊韬目瞪口呆，惊讶错愕之间已经被米兰拉住了手："快跑。"

熊韬刚一抬脚，只听见天空那头传来一声尖锐的鸟叫，突然之间，云海就像白色的席子一样，如狂风暴雨般席卷而来。那怪物的胡须正要触碰到熊韬，而此时，巨鹰好像突然被什么东西撞翻，孩子们身体失去平衡，从巨鹰上滑落掉入了云海。

"死定了——"熊韬闭上眼睛，这次肯定要摔死了。

可是过了一会儿，当米兰睁开眼睛的时候，却发现他们还没死，居然就在云海里。云海下面居然不是镂空的，好像铺着一层厚厚的地毯，柔软舒适。米兰恍然大悟，怪不得巨鹰坠落而没有坠毁，原来是被这层"地毯"接住了。

熊韬也睁开了眼睛，见大家没事，非常兴奋，但是很疑惑，问道："米兰，怎么云海下面软软的？"

米兰来不及回答，那怪物一头将挡在面前的巨鹰撞飞。没有了巨鹰做屏障，他俩再次暴露在怪物面前。怪物比刚才更为愤怒，见他俩再无路可逃，便张开大嘴，试图一口将他们活吞。

米兰当机立断，对熊韬说道：“滚进云海。”

熊韬马上领悟，然后与米兰在云海中打滚，试图用浓厚的云雾做掩护。可是那怪物哪里见得他俩使诈，伸出长长的胡须，只等孩子们稍微露出身子，便像钓鱼一般用胡须将他们钓起来。

“啊——”

缠在熊韬手指上的草药突然碰到了什么，脱落在地，他本想找回重新套回手指，可是那怪物对血哪怕是血痂都非常敏感。熊韬暴露，被胡须缠住，举到了半空。

米兰担心熊韬，也从云海中探出了脑袋，恰好被那怪物的另一根胡须逮个正着。那怪物似有喜色，将二人放在眼前，洋洋得意。

熊韬非常懊恼，一边试图从怪物的胡须中挣脱，一边非常抱歉：“对不起，米兰，是我连累了你。”

米兰也想从胡须中挣脱，但是丝毫不怪熊韬，说道：“记得我之前讲的话吗？”

“什么？”

“不管现在的境况是真的还是假的，我们都不能输，对吗？”

可是怎样才能赢呢？熊韬寻思着，如果此刻体内能像绿巨人一样冒出一股无穷的力量将这怪物一拳打倒就好了，可是那毕竟只在电影中才会出现，现在怎么办？

“喵——”

只听见浓浓的云雾之中传来阿早一声尖锐的猫叫声，突然对面那席卷而来的云浪更为凶猛了。怪物似乎也有察觉，扭头的当口，云浪之中飞来一只巨大的鲲鹏。鲲鹏瞪大着眼睛，张开犀利的嘴巴，不等怪物醒悟，已将怪物吞进口中。

他俩趁机从怪物的胡须中挣脱，还没落到云海，巨大的云浪气流翻滚而来，将二人冲上了天空。

“啊——”他俩紧紧抱在一起，在空中打转，分不清方向。

与此同时，阿早的嘴里却叼着一根巨大的羽毛，米兰顺势抓住了羽毛的一头，熊韬灵机一动，抓住了羽毛的另一头。羽毛恰好形成了一个降落伞，阿早往较轻的米兰这边稍微倾斜，保证了羽毛的平衡，羽毛缓慢下落。

“这是谁的羽毛，这么大？”

熊韬极为不解，米兰却一直激动地看着天空中那展翅的鲲鹏，鲲鹏之大果然如《庄子·逍遥游》所记载："鲲之大，不知其几千里也；鹏之背，不知其几千里也。怒而飞，其翼若垂天之云。"

"谢谢你那一锤子将我砸醒，要不然我永远无法醒来。"没想到鲲鹏居然会讲话，讲的第一句话就让熊韬脸红："嘿嘿，真没想到啊！"

原来鲲鹏一直在山间睡觉，它的背上都长出了云海，孩子们在云海上踩着的柔软地面正是鲲鹏的羽毛。阿早叼着的羽毛，正是鲲鹏在起飞的时候掉落下来的。

熊韬以为鲲鹏的第二句话应该是"那么为了感谢你，我将实现你的三个愿望"。可是让他大失所望，鲲鹏什么都没有讲，而是一直呆呆地看着阿早，阿早也呆呆地看着它。它们两只动物互相看了好一会儿，鲲鹏转身，就要离去。

"鲲鹏，请告诉我这是哪儿？"见鲲鹏要走，米兰大喊一声，她非常想知道这是哪儿，也很想知道该如何回去。

鲲鹏看了一眼米兰，说道："非常抱歉，我沉睡了几百年，并不知道这是哪儿。"

"可是你是鲲鹏啊。"在米兰心中，鲲鹏就是神仙，神仙应该知道所有的事情。

"鲲鹏也只是鸟啊，鸟又怎么知道人的事呢？"

“难道我们永远都不会知道这里是哪儿吗？”米兰似乎有些生气。

“可以到下面的村庄去问，他们比我知道得多。”鲲鹏说完，转身向着太阳飞去。

望着鲲鹏离去的身影，熊韬不无抱怨：“就……就走了吗？不讲义气的家伙。”

米兰并没在意熊韬说了什么，只俯视着下面的村落。

熊韬见米兰心事重重，安慰道：“米兰，不用担心，我们一定可以回去的。”

米兰看着熊韬被风吹得竖起来的头发，笑了，说道：“你是一个超级**赛亚人**。”

熊韬见米兰笑了，说道：“你的发型也没好到哪里去，像一个女鬼。”

> 注 解
>
> **赛亚人**
>
> 赛亚人是日本动漫《七龙珠》中的一个种族的名称。他们来自贝吉塔行星，赛亚人是战斗民族，天生好战，性格暴躁，生命力非常顽强。

“那我问你，超级赛亚人厉害还是女鬼厉害？”

熊韬大吃一惊，这可不像米兰的风格，米兰以前从不这么讲话的，然后支支吾吾说道：“应该是女……女鬼更厉害吧。”

阿早似乎有些受不了，转过身，看着远处的白云

"喵"地叫了一声。

"不过刚才我真的非常感动，我差点被那怪物抓住了，你就从云海里站出来救我，险些害了你。"熊韬很抱歉。

"说什么感谢，我们可是同伴。"

米兰的话让熊韬非常次感动，如今他们终于成了同伴。想到这儿，熊韬心里偷偷地乐了。

稍微停顿了片刻，米兰又问道："可是云层那么厚，你怎么会被抓住呢？"

熊韬收住了幻想，看了一眼已经结痂的手指，说道："那草药掉了，估计怪物闻到了血腥味，就把我抓到了吧。"

米兰点点头，原来如此。

第六章 米兰失踪

他们以为只要一直紧紧抓住羽毛，就能平安落到下面的村子里，可是这羽毛也奇怪，突然凭空消失不见了。“啊——”他们一直往下掉，所幸又是一次有惊无险，他们落在一根大树杈上。

“哎哟，有这么坑人的羽毛吗？”熊韬挂在树杈上，揉着纤细的腰，见米兰和猫都没事这才没抱怨。可是转眼一看，这棵树真是高啊，离地面也有一二十米吧。他眼瞅着这都快中午了，下面的村子却不见一个人，莫非都在屋子里干活？

“喂，有人吗？”熊韬在树上大喊一声。可奇怪的是，偌大的村庄，似乎一个人也没有。

过了一会儿，不远处终于有一老一少正向这个村村庄走来。老者年近古稀，身穿粗布大衣，披散着一头银发，驼着背，拄着拐，慢悠悠地走着。一看那小孩就比他们小得多，他身穿乳白色绸缎公子服，头发刚及肩膀，面色清秀，可爱帅气，虽然背着背篓，但丝毫没有减弱他一身的贵族气息。

熊韬大喜，心想这回有救了，正要向他们求救，却被米兰制止了。米兰说等等再看，熊韬点头同意。

那一老一少穿过村庄，走到大树下，小孩把背篓放在地上，一屁股靠着大树坐下，问道："爷爷，怎么这个村庄一个人也没有啊？"

若非刚刚听见那小孩呼唤老者爷爷，单从他俩身上所穿的衣服，米兰以为这老者是小孩的仆人。

"禁咒启动了，都逃了，哪还有人啊？！"爷爷随口一说，笑嘻嘻地从裤兜里掏出一个粗布袋子，将形状有点儿像贝壳又有点像乌龟壳的铜板片儿全部倒在树下的石桌上，叮当作响。

"哈哈——"爷爷一个一个小心翼翼地数着，数完后露出一脸微笑，"小谷子，刚刚那场哭丧我们赚了三十四个钱。"

挂在树上的熊韬幡然醒悟，原来那铜板片儿是钱币。

"马上还有一场，听说那家阔气，少说也能再赚个百十来个钱，或许我们哭得厉害一点，主人一高兴还会给我们金币银币。哈哈，当巫师就是好啊，开个价都没人讨价还价。”

爷爷将钱包好又放回裤兜，见小谷子对钱币没有丝毫兴奋，问道：“怎么了，小谷子，赚了钱不高兴吗？”

小谷子摇摇头，说道：“只是那禁咒启动了，又不知道要死多少人。”

“哈哈，死人了才好，死人了才要请巫师哭丧，这可是我们发财的好机会。”

小谷子气不打一处来，从地上站起来，指着爷爷骂道：“你……你……你就是一个为了钱，什么都不关心的骗子。”

爷爷看着气急败坏的孙儿，不怒反笑：“细伢子，巫师就是一个行业，一个行业想要蓬勃发展总归要有货源吧？若没死人，哪里还需要巫师哭丧啊？巫师不哭丧，哪里有钱养活你啊？哪里有钱给你买这么好看的衣服啊？”

小谷子捂住耳朵，说道：“狡辩，狡辩，都是狡辩，在死人面前哭哭啼啼一圈，就把人家的钱拿了，这不是骗子是什么？”

“你个细伢子，还教训起爷爷来了。人死后会进入阴曹地府，到了阴曹地府，阎罗王是要审查的，如果你不哭厉害点，阎罗王以为你没有冤屈，是一个坏蛋，就会把你打入十八层地狱。为了让死者不遭受十八层地狱的折磨，在世的人花钱请巫师哭丧不是很正常吗？怎么成了骗钱呢？”

“死了人，为什么一定要巫师来哭呢？自己家里人哭，阎罗王不也听得见吗？”小谷子据理力争。

“这你就不懂了吧，在这个世界上，只有巫师才能与天地之间的鬼神沟通，要是普通人哭哭啼啼都被阎罗王听见，那阎罗王不就被烦死了吗？”

小谷子一股子犟劲，说道：“阎罗王烦死了才好呢，这样就没人要进阴曹地府了。”

“你想得美啊，如果没有阴曹地府，没有阎罗王，那死去的人就都成了孤魂野鬼，那些孤魂野鬼吓死人了，比禁咒还可怕。”

“我才不害怕孤魂野鬼呢。”小谷子犟劲又上来了。

“细伢子，别吹牛，你现在连基本的巫术都不会，第一个就会被孤魂野鬼抓了吃掉的。”小谷子还坐在树下思考，爷爷提起地上的道具箱，背在身上，催促道：“走啦，走啦，赶路啦。”

“喂——”

小谷子抬头，见树杈上挂着两个穿着怪异的人，有些害怕，然后拉了拉爷爷的衣角。爷爷见那树杈上挂着两个孩子，笑道：“不怕，不怕，他们是从蜀国来的，所以穿得这么怪异。”

熊韬觉得很奇怪，为什么这老爷子会把他们当作蜀国人呢？现在全国都这么穿衣服啊？他还对这爷孙俩的穿衣打扮感到怪异呢。但是不管这么多了，这儿的人和事都怪怪的，都快见怪不怪了，他便继续喊道：“爷爷，弟弟，救救我们吧。”

“他们是在向我们求救吗？”小谷子呆呆地看着爷爷，问道。

爷爷笑了，却突然看见树杈边上还有一只猫，他的神情瞬间变得凝重了。不知是不是故意的，就在爷爷盯着阿旱时，阿旱却扭转了脸，没让爷爷看清它的眼睛。

爷爷又笑了，也没问这两个孩子是怎么挂在树上的，看着小谷子，说道：“小谷子，你老说爷爷是一个只爱财的骗子，现在你可要好好看看爷爷是怎么救人的，爷爷的巫术到底有多厉害。”

爷爷口里念了一道咒语，伸出手指，只见熊韬和米兰居然飘了起来。熊韬大惊，心想这又怎么了，他还没想明白，就“扑通”一声落了下来，一屁股坐在草地上。

“好耶，爷爷好棒！”小谷子见爷爷这么轻松

就将两个孩子从树上救了下来，一改刚才对爷爷的不屑，非常崇拜。

爷爷拍了拍手，在孙子面前炫耀道："嘿嘿，现在终于知道爷爷的厉害了吧？"

米兰虽然对爷爷刚才的巫术非常震惊，但是想起这一路上遇到的墨家弟子、蒙面杀手、巨鹰、云海、鲲鹏等一系列奇奇怪怪的事情，倒也不是特别惊讶。仿佛在这个国度，什么稀奇古怪的玩意儿都有。

米兰立刻从地上爬起来，给爷爷作揖，说道："谢谢爷爷的救命之恩！"

爷爷很是诧异，旁人看见巫术，要么被吓呆，要么欢欣鼓舞，而这细伢子却一脸镇定，丝毫不乱。

"请问爷爷，这儿是哪儿？"米兰见爷爷一脸诧异，继续问道。

"这儿是楚国。"爷爷说道。

楚国？米兰大为困惑，追问："您说的是周天子的楚国？"

"周天子名存实亡，楚国就是楚国。"爷爷说道。

其实刚刚看到那长得像贝壳又像乌龟壳的铜钱就应该知道这是楚国，因为那种钱叫作蚁鼻钱，是楚国的流通货币。虽然早已做好了接受他们已经穿越到另一个奇异国度的心理准备，但当亲耳听到爷爷确认，还是让米兰感到崩溃。

“不，不，一定搞错了，一定搞错了——”一向镇定自若的米兰好像情绪突然有些失控，抱着脑袋晕倒在地。

“米兰，米兰，你怎么了？”熊韬抱起米兰，慌张中，他向爷爷求救，“爷爷，您巫术高强，快救救米兰吧！”

爷爷蹲下身子，摸着米兰的脉搏。

“怎么样了？”熊韬急切地问道。

爷爷摇了摇头，说道：“没什么大碍，气血攻心，休息一会儿就会好的。”

爷爷从小谷子的背篓里拿出一个牛皮水袋，递给熊韬，说道：“醒来之后，你记得给她喝点水。”

熊韬接过水袋，不胜感激。

然而爷爷不小心瞥见熊韬左手食指上的伤口，还有草药的残渍，问道：“你的手指怎么了？”

熊韬没把这点小小的划伤当回事，说道：“没什么。”

“还是要注意，毕竟现在是特殊时期。”爷爷叮嘱道。

“您说的特殊时期指的就是那禁咒吗？”一路上

总能听到人们谈起禁咒，熊韬也有些好奇。

爷爷点点头。

“禁咒到底是个什么东西啊？”熊韬继续追问。

“传说很久以前，楚国出现了一道禁咒，叫作血灵咒。血灵咒一开，各种上古凶兽就会从地底下冒出来，他们烧杀抢掠，无恶不作，那简直比第十八层地狱还恐怖啊。后来有江湖传言，在神灵的昭示下，谁若能封印禁咒，他就可以雄霸一方，建立国家，成为君王，并得到人们的绝对拥戴。

“一时之间，江湖豪杰四起。但最终封印血灵咒的正是创建了楚国的先祖，熊氏部落的鬻熊，从此天下归于太平。可是几百年后的今天，不知道怎么回事，那血灵咒好像又被解开了封印，老百姓害怕悲剧重演，纷纷逃离楚国。”

熊韬想起之前逃荒的人群，说道：“原来大家所恐惧的妖怪就是禁咒开启之后从地里冒出来的上古凶兽。”

爷爷点点头。

“可是禁咒是被谁解开封印的呢？”熊韬继续问道。

“你刚到楚国自然不知道，楚国上下却早已传得沸沸扬扬，说这禁咒是太子启动的。”爷爷说道。

熊韬简直不敢相信自己的耳朵，他不正是柯六口中的太子吗？可是他自己都不知道什么时候启动过那玩意儿，连忙追问：“是不是搞错了？”

“谁知道呢？都是这么传的，还说谁要能抓到太子，定要格杀勿论，为民除害。”

“这么严重？”熊韬吓得吞了一口唾沫。

爷爷抬头看了看天色，这都快中午了，得走了，要不然会耽误下午那场祭祀。临走之前，他从裤兜里掏出了十个蚁鼻钱，说道：“你们刚到楚国，人生地不熟，又是特殊时期，这些钱拿着，以备急用。”

小谷子站在一旁，目瞪口呆，平时爱财如命的爷爷怎么突然这么大方？

“不不不。”熊韬坚决不能要，“我有钱，有钱。”

可是他摸遍了全身，真奇怪，明明记得早上爸爸给了他一百块钱的，哪儿去了呢？小谷子从爷爷手里把钱夺过来，硬塞到熊韬手里，说道：“小哥哥，你一定要拿着，我爷爷可不是每次都这么大方的。”

熊韬紧紧握着手里的蚁鼻钱，不知道说什么好。

爷爷呵呵一笑，摸着孙儿的脑袋：“细伢子，胳膊肘尽往外拐。”

小谷子做了一个鬼脸，拉着爷爷的手，离开了这儿。

望着爷孙俩越走越远，熊韬把钱放进口袋，这时米兰也苏醒了，熊韬开心得不得了，说道："米兰，你醒了？！"

米兰嘴唇干燥，喊道："水，水，水。"

熊韬将水袋打开，放到米兰嘴边。米兰喝了水，眼泪又流了出来，靠着大树，抱着双膝啜泣着。

"怎么了，米兰？"看见米兰哭泣，熊韬心里非常难过。

"我们再也回不去了，回不去了。"

熊韬安慰道："回得去，一定回得去的。"

米兰一句话也没讲，想着以后再也见不到爸爸妈妈，再也见不到同学老师，就仿佛已经死了一样，让她彻底绝望。

熊韬手足无措，支支吾吾地在米兰耳边鼓励着她："米……米兰，还记得你说的那句话吗？你……你说不管是真的假的，我们都不能输，绝对不能输，我们一定不会输的，一定不会。"

米兰突然抬起头，怒视着熊韬："你还没听懂吗？我们穿越了，还怎么回得去？难道让我们在这个地方坐上两千多年，等着2046年的到来吗？那时候我们都死了，死了。"

不知道为什么，米兰突然将心中的怒气全部撒在熊韬身上。但是熊韬并不生气，愣愣地蹲在原地，低着头，嘴里重复着一句话："米兰，我们可以回去的。"其实他更想说的是，就算回不去，我也会保护你的。

"你就是个傻瓜，傻瓜——"米兰从地上站起来，突然像失了魂一样朝一片浓密的森林跑去。

熊韬立刻从地上站起来，喊道："米兰，你要去哪里？等等我啊。"

可是米兰跑得实在太快，没过一会儿就在森林中消失了。熊韬站在充满原始气息的森林中，慌了，大叫道："米兰，都是我不好，都是我不好，你出来啊！"

森林中回荡着熊韬的声音，却始终听不到米兰的回应。

熊韬双腿一软，跪在地上，非常自责："米兰，米兰，都是我不好。"

阿早慢慢走到熊韬面前，用舌头舔着熊韬的手："喵。"

熊韬正要伸手抱起阿早，可阿早却并未理会熊韬，而是坚定地继续向前走。

"怎么，难道你也要走吗？"

“喵。”阿早似乎听懂了熊韬的话，停下来，转过身，朝他叫了一声，继续往前走。

“啊——”熊韬似乎领悟到了阿早的意思，“你是说你知道米兰在哪儿？”

阿早边走边点头。

熊韬心中的阴霾一扫而空，紧跟着阿早向森林更深处走去。

第七章 血灵禁咒

虽然刚过中午，但是越往森林里面走，天色越暗。

“得赶紧找到米兰，否则米兰会害怕的。”熊韬紧紧跟在阿早的后面，生怕走丢。如果让他一个人待在这阴森恐怖的森林里，他一定会发疯的。

阿早越走越慢，突然停下来不再往前，熊韬一脸诧异，抱起阿早，问道：“怎么了？”

阿早只是呆呆地望着前面那座被大树隔开的环形宽阔草场。草场只是一片普通草场，什么都没有。这有什么奇怪的吗？就在熊韬想向前迈进时，阿早尖锐地叫了一声“喵”。

“噗”的一声，熊韬头顶突然亮起一支火把，他正要尖叫，“噗噗噗——”整座环形草场全部被点亮。熊韬见自己被火光照得通红，正准备逃走，却看见对面人影窜动，慌张中扑倒在身边的灌木丛中，以防被人发现。

熊韬稍微拨开眼前的杂草，将对面看得清清楚楚。原来刚刚窜动的人影是一群庄稼汉，他们手里拿着扁担和锄头，光着肩膀和双脚，嘴里一面高喊“哈，吼，哈，吼——”一面迅速将整座草场围了起来。

稍等片刻，对面又走出一老一小穿着白色大褂的巫师。那老巫师背部拱起，看来是驼背。若不是他们脸上戴着面具，熊韬真把他们当成了刚刚救了他俩的爷孙二人。

那小巫师嘴巴里不停地念叨着什么，蹦蹦跳跳得很是可爱。也许是他那长袍子有些长了，他差点踩着自己的衣服倒在地上。老巫师非常机警，一剑将小巫师的长袍砍断，小巫师这才没摔跤。

那老巫师继续挥舞长剑，左一圈右一圈，行进间，若即若离，如梦如幻。他走到草场中间，剑挥舞得极快，突然之间，从地上冒出一座正方形祭台。祭台上摆着香炉和祭祀木牌，木牌上只刻了一个字“”（甲骨文的“九”字）。

“咚，咚，咚，咚——”阴暗处又传来震天的锣鼓声，“唔哈——”站在草场周围的庄稼汉们举起

手中的扁担和锄头，比之前更为兴奋，喊叫声更为壮观。

老巫师带着小巫师走上了那座祭台，挥舞长剑，小巫师在后面邯郸学步，模仿得像模像样。突然，草场上的地面多出了四捆巨大的稻秆，稻秆就像红地毯一样以祭台为中心，向草场四周呈“十”字延伸。

鼓声突然停止，却没见鼓手在何处。

老巫师念念叨叨，不过最后几个字熊韬倒也听得清楚：“将太子带上来。”说完，鼓声、吼声又四处响起。

呃，怎么又有一个太子？熊韬大为不解。两个大汉抬着一个胖子沿着刚刚铺好的稻秆路走上了祭台。就在那两个大汉把胖子放上祭台时，熊韬大为震惊，没想到那胖子就是庞朱，庞朱被五花大绑，绑到了祭台的柱子上，动弹不得。

看来之前将他们从大树杈上救下来的爷爷没有骗他，那些传闻都是真的，所有的人都在找那个该死的开启了禁咒的太子，格杀勿论，为民除害。现在他的脑子一片混乱，不知该怎么面对。

庞朱看着黑压压穷凶极恶的人影，吓得裤子都尿湿了。小巫师闻着庞朱湿透的裤裆传来的一阵阵尿臊味，真想离开这里，却被老巫师呵斥：“你也想被他们抓起来尿裤子吗？”

小巫师强忍尿臊味，继续舞剑。

老巫师收剑，双手向天空举起，突然，鼓声、庄稼汉们的吼声，立马消停，万籁俱寂。

“春雨惊春清谷天，夏满芒夏暑相连。秋处露秋寒霜降，冬雪雪冬小大寒。”

天际传来孩子们的轻声吟唱，这声音清澈纯净，沁人心脾，驱除了熊韬心中的恐惧。

人们跪倒在地，似乎等待着大人物的到来。

“恭迎农家掌门人寒露仙子。”

只见一位穿着白色薄纱的年轻女子手中拿着一根像是长笛又不是长笛的东西，在四个穿着白色绸缎的孩子环绕中，乘坐一只千纸鹤风一样地飞入了草场，飞到了祭台上。

农家乃是上古仙人神龙氏在神农架所创，如今农家总舵正在神农架。农家历代掌门依据神龙氏“教民农耕”的言行教化弟子，成为诸子百家中的一家。

农家历代掌门人都为女性，继承上古母系社会为主导的传统，掌门以二十四节气为名，后缀仙子，比如第一位掌门人为“立春仙子”，传至寒露仙子已经是第十五代。若是一轮完了之后，那么就会在仙子后面加上多少“世”，比如“立春仙子二世”。

刚刚孩子们所吟唱的诗歌，正是二十四节气歌，也是农家重大祭祀的开场歌。

那白衣女子竖拿着那根“笛子”，隔着薄薄的白色面纱，只听见空中传来阵阵低沉浑厚、悠扬婉转的乐器声，这声音似有魔力，将人带入神仙境地，如迷雾离乱，如万千变幻。

“这不是笛子，笛子的声音没有这么浑厚。”熊韬轻轻地自言自语，记得以前爷爷曾经给他吹过笛子，笛子应该是横吹的，况且笛子的声音更为嘹亮尖锐。

“那是箫。”

听了身边突然传来的声音，熊韬猛一回头，却不知沈木何时已经站在他身边，这让他刚刚还很混乱的大脑瞬间清醒。熊韬脸色大悦，正要大叫，但是沈木做了一个“嘘”的动作，说道：“别动，要是被人发现，我们当场就要被杀死。”

熊韬点点头，问道：“沈大侠，你怎么来了？”

“在下担心你们出事，没有恋战，顺着风向追来，见巨鹰坠毁在山脚，以为你们死了，但并未见到尸体，于是四处寻找，却见这里升起火光，于是赶来，没想到你也在这里。”

“那柯六和养将军呢？”熊韬急切地问。

“柯大哥受了点小伤，没什么大碍。养将军原本只是路过，现在回军队去了。”谈话间，沈木突然看见熊韬受伤的左手食指，脸色骤变，问道：“这是……？”

熊韬看着自己手指上还残留的草药，说道：“一点划伤，没什么。”

“在哪划的？”沈木异常急切地问道。

“在我们刚经过的那片荆棘林。”

熊韬非常奇怪，为什么小谷子的爷爷和沈木都对他这点小伤这么关心呢？这仅仅只是一点点划伤啊。

沈木渐渐恢复平静，心想但愿没事，说道：“走，先离开这里再说。”

熊韬早就想离开这里，让他们把庞朱那个假太子杀了吧，从此以后真正的太子倒可以过得潇洒舒适，再也没人找他的茬了。

他以为他真的想通了，他以为他真的可以放下庞朱的生死不管了，但就在刚要爬起来准备走的时候，他的心突然变得沉重。

他望着被绑在祭台上的庞朱，如果那些人没有抓错的话，现在被绑在上面随时准备被杀的人应该是自己吧，而庞朱代替自己受罪。如果这样一走了之，怎么对得起这个世界上唯一一个崇拜他的人？怎能让良心安宁？

虽然他也未曾将庞朱当作朋友，安慰他不过是一个倒数第二在倒数第一面前的心理优越感，但倒数第二也只有在倒数第一面前有优越感吧。想到这些，熊韬觉得很可悲，他欺骗了一个真正善良的人。虽然他是一个倒数第一，难道倒数第一就不是人吗？

沈木见熊韬没有动弹，问道："怎么了？"

熊韬想通了，一定要救庞朱，哪怕他再傻再笨，也要救他，因为他一直都把自己当作朋友啊。想到这儿，他两眼通红，抬起头，看着沈大侠，说道："沈大侠，绑在祭台上的那个人是我朋友，他叫庞朱，请救救他吧。"

"什么？"沈木一脸疑惑，原来除了那个女孩子，熊韬又多了一个朋友。这么看来，从熊韬原先的那个世界到底来了多少人呢？

熊韬低下头，声音低沉，非常自责："都是我连累了他，害他们误以为庞朱是太子，其实那个该死的人是我。"

"太子，您一定要记住，不管那个禁咒有没有被开启，您都是最后的英雄。"沈木说道。

"英雄？"熊韬不解地望着沈木。

沈木并未做解释，说道："您先待在这里不要动，待在下将您的朋友救出来之后，再把事情的来龙去脉告诉您。”

熊韬刚要说话，沈木便不见了踪影。草场内，箫声停止，寒露仙子望着对面的大树，说道：“沈公子既然来了，为何不露面呢？”

沈木从大树上飞下来，飞到寒露仙子面前，作揖道：“参见寒露仙子。”

“沈公子客套了，不知此次前来所为何事？”寒露仙子身形瘦弱，远远看去，惹人怜悯。

沈木很礼貌，抱拳作揖，说道：“请仙子恕罪，在下前来只想带走台上这个孩子。”

迷迷糊糊中，庞朱好像听到有人来救他，微微睁开眼睛，台下已是一片哗然。

一位长老怒不可遏，此人正是农家左事。农家弟子晋升为左事之后，他的名字便也随之消失，其职务名称就是他的名字，地位仅次于寒露仙子。他说道：“沈公子，墨家与农家世代结好，你这样公然闹场，不知巨子是否知道？”

沈木站在原地，并未说话，台上寒露仙子也没说话。

左事继续说道：“墨家与农家都是广大贫苦大众的代表，按理说我们立场一致，既然太子解开了封印，开启了血灵咒，就应该杀掉太子，为民除害。”

虽然早已有了心理准备，这些人极有可能会杀了太子，但当熊韬在现场亲眼所见，依然毛骨悚然。

“我知道大家都很担心血灵咒，担心人间再次陷入上古时代的浩劫，可是太子并没有开启血灵咒，请仙子明鉴。”沈木说道。

“沈公子滑天下之大稽，当日我们农家曾派出弟子潜入王宫，我也在现场，明明看见只有太子一人站在祭祀台上，若不是太子启动血灵咒，时空又怎会混乱？老百姓哪里需要举家逃亡？”左事得理不饶人。

“我以墨家声名作担保，当日太子中了令尹景昭的幻术，迷糊之中，就在太子刚要启动血灵咒的时候，突然时空错乱，太子这才失踪，而不是如传言的那样，说什么太子开启了血灵咒，于是时空混乱。”

熊韬望着沈木，他与沈大侠虽有亲切感，但素不相识，沈大侠却待他如己，为了自己的事情赴汤蹈火也在所不惜。想到这儿，熊韬早已热泪盈眶，这世界上除了爷爷再也没有人对他这么好过了。

“可是，这让我们如何相信？”农家左事继续为难道。

“大家应该都看过记录着上古凶兽的图志**《山海经》**吧。”沈木问道。

注 解

《山海经》

《山海经》是中国先秦古籍。一般认为主要记述的是古代神话、地理、物产、巫术、宗教、古史、医药、民俗、民族等方面的内容。有些学者则认为《山海经》不单是神话，而且是远古地理，包括了一些海外的山川鸟兽。《山海经》历来被大多数人认为“荒诞不经”。

农家众弟子纷纷点头。

“《山海经》正是记录上古凶兽的图志，一直到现在，人们对于凶兽的识别，一般都是借助于《山海经》。若血灵咒开启，为何到现在为止我们见不到一只如《山海经》所描绘的上古凶兽呢？”

沈木这一反问，祭祀场鸦雀无声，因为这里确实没有一个人亲眼看过凶兽。

“其二，我想大家都不会忘记，若不是楚国先祖鬻熊封印了血灵咒，如今的天下能太平吗？对于曾经封印了禁咒的英雄后裔，难道你们也要杀？”

“可是鬻熊在封印了禁咒，创建了楚国之后也曾向楚国所有人许诺，若其后代子孙胆敢开启禁咒，那么人人得而诛之。这承诺至今还镌刻在楚国王城的石碑上。”左事说道。

“好，退一万步说，就算太子启动了血灵咒，那么也不能杀，因为只有太子才能再次封印血灵咒。”

沈木没有正面还击，晓之以理。

“沈公子此话怎讲？”寒露仙子问道。

“太子才是上古熊氏部落首领鬻熊纯正血液的后人，而只有其直系子孙，王之继承人，才能再次封印禁咒，其他人都不行。”

“为什么会这样？”农家弟子非常不解。

“这还得从血灵咒的属性说起。血灵咒具有双面属性，鬻熊当年在神之庇佑王朝的昭示下用自己的鲜血将血灵咒封印。从此以后鬻熊的血液既是封印之血也成了解印之血，并且通过天启一代一代传承在历任楚王身体内。所以就算太子解开了封印，你也只能祈祷太子再次封印。”

农家众弟子面面相觑，他们也曾听说过楚国王位的传承制度正是天启，但是却不知道天启到底是什么东西。

沈木说道：“天启这种传承制度最早是在神之庇佑王朝出现的，当年神之庇佑王朝的创始者为了后代王之继承人不会违背祖先遗志，特意制定天启，将先祖矢志不渝守卫不周山的使命通过天启一代一代传承下去。神之庇佑王朝考虑到血灵咒的双面性，为了不让历代楚王随意开启禁咒，于是将天启赐予鬻熊。鬻熊通过天启，也能将自己守卫血灵咒的意志传承到历任楚王体内。”

阿早听到这些反应有些强烈，熊韬赶紧安抚阿早，叫它千万别出声，以免被发现，阿早这才乖巧了些许。

众人点头，原来如此，左事疑惑，问道：“王族其他人不能封印吗？”

“天启的存在，正是为了杜绝后代子孙都拥有同样的双面属性，这样太危险了。天启只会传承在一个人身上，其他的后裔与常人无异。”沈木说道。

左事问道：“这么机密的内幕，沈大侠又是如何得知的呢？”

“先祖鬻熊的血液既是封印之血又是解印之血，这是机密，在这个世界上也只有王族内部的些许人才知道。但是在神之庇佑王朝九灵王朝眼中却是透明的，这被清清楚楚地记录在九灵王朝的史书《九灵通史》中。”

人们脸色大变，吓得七荤八素，望着祭台上那块只刻着一个“”字的木牌，跪在地上膜拜：“神之庇佑王朝啊，吾等并无冒犯之意。”

熊韬觉得非常奇怪，为何沈大侠只说了一个“九灵王朝”，大家就都要跪在那块木牌面前膜拜呢？

原来九灵王朝乃神之庇佑王朝，代表了人类始祖仙族在世间的存在。“九灵”这两个字乃是人间的禁忌，正如人们跪地膜拜时涉及九灵王朝的时候都用“神之庇佑王朝”来代替。

任何人都不能擅自议论九灵王朝的事情，如果有人胆敢议论，只要嘴里说出一句与“九灵”两个字有关的话都将遭到天谴，一条黑色的闪电，将把他或者他们劈死。

被雷劈死早有先例。相传楚国南方有一个小村庄，出于对九灵王朝的崇拜，花了二十几年的工夫终于磨平了一座原本用来悬棺的陡峭悬崖，他们准备用这个悬崖制作一块“九灵崖书”，让后代子孙都不要忘记九灵王朝在人类发展历程中的丰功伟绩。可就在他们刚刻完“灵”字的时候，天空一条黑色的闪电将整个村庄里的人全部劈死。

虽然有如此禁忌，人们担惊受怕，但是依然无法阻止人们对于九灵王朝的膜拜，而为了不被黑色的闪电劈死，人们避开使用“九灵”这两个字，而单用“九”或者“灵”。那块刻着“”的木牌，正是代表了九灵王朝在人间的存在。

沈木狂妄，口出狂言，说出“九灵王朝”和《九灵通史》，必将遭到天谴。人们等着天空划过一条黑色的闪电，将沈木劈死。

但是过去了很久，祭台上那块只刻着一个“”字的木牌也没有发怒，天空也没有出现任何异常。人们惊讶地看着沈木，为何他没有被劈死？

唯一的解释就是，沈木参透了天机，上天给了沈木突破禁忌的特权。相传，虽然“九灵”二字在人间是禁忌，只要有谁敢说出这两个字，将遭天打雷劈。但是若有谁能参悟天机，那么九灵王朝也会网开一面，给他突破禁忌的特权。

“难道沈公子真的参悟了那个王朝的通史？”农家众弟子忐忑不安，嘴里不敢说出一句与“九灵”二字有联系的话，拐弯抹角，只等沈公子确认。沈木什么也没说，挺拔地站在那儿，一动不动。

传说那九灵王朝的通史是用鸟语写出来的，当今世界能参破鸟语的，在这之前，只有两人，一位是创立八卦的伏羲。当时禁咒出现后，正是伏羲参破天机向世人昭告的，人们奉伏羲为天与人之间的沟通灵魂。

后来墨家巨子墨翟也参破了鸟语，看懂了九灵王朝的通史，于是创立了墨家。如今他这位尚未满二十岁的弟子居然也能看懂鸟书，谁又能怀疑他？同时农家也自愧不如，墨家一门出了两位可以看破天书的人，不愧为当今世界第一大门派。

农家弟子现在不得不服，因为没有人敢，也没有人会怀疑一个能说出“九灵通史”四个字而没被雷劈死的人的实力。

寒露仙子笑了，夸道：“沈公子果然英雄，从前现在未来，天上地下，无一不通，无一不晓。怪不得巨子一再夸赞你，今日得见，果然名不虚传，小女子非常佩服。”

“不敢当。”沈木双手抱拳，向寒露仙子致意。他也是被逼得没辙，若不搬出九灵王朝，不管他说什么，农家众弟子都会有人站出来质疑，到那时有理也说不清啊。

寒露仙子微微欠身，对农家众弟子说道：“诸位刚才都听到了沈公子的话，还有什么疑问吗？”

台下无人出声。

“那好，既然没人有疑惑，那就放了这个孩子吧。”

沈木大吃一惊，原来寒露仙子早已下定决心不会为难太子，刚才只是借助他的口，让他代替自己说出了实情，沈木甚是感动。

“可——”农家左事还想说什么，但还是咽了下去。

草场外突然传来一声猫叫，熊韬居然从草丛中站了起来，暴露在大家面前。农家弟子极为惊讶，他们看着眼前这个孩子，又看着台上绑着的那个孩子，为何他们看起来差不多?

台上绑着的庞朱，见那人居然就是熊韬，仿佛看到了生还的希望。他不停地挣扎，试图挣脱绑在身上的绳子，可是不管怎么努力，一点儿作用都没有。

“他是谁？”寒露仙子问道。

沈木没有作答，却嗅到了杀手正向这边靠近的气息，而杀手的数量，也越来越多。

第八章 阴谋四起

远处飘来一股黏稠的血腥味，令人作呕，环绕在草场周边的火把已熄灭，在场的弟子焦躁不安，害怕有什么大事发生。但见沈木与寒露仙子不动如山，弟子们才有了安全感。

天空变得凝重，黑压压的，似乎要下暴雨，但是看起来那并不是乌云。不远处传来几声饿狼的嘶叫，那声音恐怖凄厉，好像是上古的凶兽。

“啊——”

不知从哪个地方突然冒出一匹狼，就站在熊韬面前，熊韬本能地尖叫一声，摔倒在地。

“危险。”

沈木嗅觉之灵敏超乎常人，就在那匹狼正向熊韬扑来时，沈木已经如风一般将熊韬救走，回到草场。

“喵——”阿早似乎也受到了惊吓，紧随沈木，跑到了草场安全地带。

在场所有的人再一次对沈木的轻功佩服得五体投地，可是沈木却并未在乎人们的眼光，而是紧紧地盯着那匹扑了空的恶狼。恶狼凶狠，面目狰狞，但见草场上都是人，站在原地不敢乱动。

“这孩子是……？”

寒露仙子的提问打乱了沈木的思绪，但是沈木并没有回答这个问题，而是提醒寒露仙子，说道：“仙子，此地不宜久留，我们得赶紧离开这里。”

寒露仙子点了点头，吩咐左事和右事，准备撤离，然而就在此时，遥远的天空突然传来一个女子狂妄的笑声：“哈哈哈——你们一个也逃不掉。”

那笑声转化成声波，就像绵针一样向草场袭来。寒露仙子吹响了箫，把那些绵针化为雾气，消散在半空中。

此时，一个穿着蓝色薄纱的女子如同天外飞仙，飘落在三角凶兽的头上，一副藐视众生的样子，颐指气使道：“早已听闻农家寒露仙子在音乐上的造诣颇高，今日得见，果不寻常。”

众人一眼便认出了她，原来是巫山十二巫中的蓝戌仙子。

巫山十二巫个个巫术高超，他们以十二时辰排位，分别为子、丑、寅、卯、辰、巳、午、未、申、酉、戌、亥。蓝戌仙子在十二巫中排行第十一，十二时辰中为戌，穿一袭蓝纱，名为蓝戌仙子，擅长摄心术。

摄心术是一种控制人意识的巫术，又称为催眠术。如果被催眠，那么意识就会出现混乱，成为木偶，受他人支配。

“不知蓝戌仙子此次前来所为何事？”寒露仙子微微欠身，问道。

“何事？”蓝戌仙子反问，“你说所为何事？”

春秋之末，中原各大流派包括农家、墨家、法家、道家、儒家等齐聚蜀山，共同创建诸子百家，以传后人。出于对巫术的忌惮，诸子将巫术排在百家最末位，既不推崇，也不排斥。

但是这却引起了巫山强烈的不满，认为排在最末位简直就是对巫师的侮辱。他们与诸子争辩，认为虽然黑巫术中的禁咒曾经差点给人类带来毁灭性的打击，但是巫术除了黑巫术还有白巫术，白巫术只要运用得当，也可以拯救天下苍生，为何只能排在最后一位？

可是诸子却认为，白巫术与黑巫术同根同源，不管黑的还是白的，其邪恶的本性不会改变，没有将巫术完全禁止已经是法外开恩。

巫山大为震怒，自动退出诸子百家，从此与诸子百家势不两立。巫山与诸子百家的对立，从春秋延续到了战国，这是世人皆知的事。

左事站在原地，一直盯着前面的蓝戌仙子，好像想起了什么。突然他记起来了，指着蓝戌仙子说道：“原来是你。”

蓝戌仙子用手指微微掩面，笑道：“正是我，让你产生了错觉，以为那个孩子就是太子。”

“可是你为什么要这么做？”左事问。

“这个问题还用问吗？让你们农家与墨家的消息不对称，你们两派便不能形成合力，方便我对你们诸子各个突破。”蓝戌仙子说道。

“要消灭我们农家为何需要这么麻烦？这不是你巫山翻手之间就能做到的事情吗？”左事质问。

“像你这样的脑子怎么会明白？我若杀掉你们，你们随时都可以重建，但若是在你们农家头上安上一个诛杀太子的罪名，借助楚国的力量将你们一网打尽，你们这辈子都别想翻身，这才是我最终的目的。”

没想到蓝戌仙子看起来漂亮，心却如此恶毒，农家弟子恨得牙痒痒，刚才幸好沈木及时赶到，劝阻了他们杀掉祭台上的少年，否则农家将不复存在。

“但是可惜了，”蓝戌仙子摇摇头，看了一眼沈木，“可惜还是让墨家坏了我的好事，看来我是低估了墨家的实力。”

沈木顿时明白，原来蓝戌仙子与令尹景昭达成了某种交易，来者不善。

左事居然见过蓝戌仙子，并且还有一段故事，寒露仙子问道：“左事，到底发生了什么？”

左事指着蓝戌仙子，怒斥道：“你这个妖女。”而就在此时，他突然感觉头有些疼痛、膨胀，忍不住把头紧紧地抱住。沈木走过去，问道：“左事，发生什么事情了？”

左事将沈木一掌推开，恶狠狠地向熊韬跑去。就在众人惊讶之际，阿早冲到熊韬面前，挡住了左事，“喵”的一声，左事“啊”的一声跪倒在地。

沈木这才明白，原来就在蓝戌仙子与左事对话的一刹那，蓝戌仙子利用左事激动的情绪给他施了摄心术，让他去抓太子，幸好被阿早及时发现，否则后果不堪设想。

沈木立马跑到熊韬面前，护住太子。寒露仙子见农家弟子一而再再而三地失态，于是走到沈木和熊韬面前赔礼道歉。

“不。”熊韬看着眼前这位漂亮的大姐姐，说道，“姐姐，没什么，就是不知道这位大叔怎么了。”

听到这少年叫自己姐姐，不知为何，寒露仙子心里略有几分开心。而跪倒在地的左事，非但没有听到这少年责备自己，反而关心自己，早已泪流满面。他不敢抬头，双手扶地，额头已经贴在草地上，哽咽着说道：“刚刚差点误伤太子，请太子恕罪。”

寒露仙子和在场所有的农家弟子一样，惊愕得眼睛都要瞪出来了，他们一面看看台上被五花大绑的那个胖小子，一面又看看草地上站着的这个少年，不知道左事到底在干什么，难道左事脑子出问题了吗？

见左事对自己又跪又拜，熊韬实在受不起。“不。”他跑到左事面前，双手扶着左事，说道，“左事这是干什么？赶紧起来。”

可是左事依然跪在地上，哪里肯起。

寒露仙子问道：“左事，到底发生了什么？”

左事抬起头，脸上全是忏悔的泪水。

原来当日在得知太子即将启动血灵咒的时候，为了避免楚国陷入妖乱，农家以左事为代表派出一队人马潜入王宫，试图阻止太子。

在众弟子的掩护之下，左事终于靠近太子，就在他要出手之际发生了时空错乱。左事正要趁乱离开，却在途中遇见了蓝戌仙子。因为当时太过惊慌，他只是看了蓝戌仙子一眼，就觉得有些晕。他以为那女人是来要他命的，结果却放他走了。

当时他还很奇怪为什么这女人要放他走，原来是在他惊慌的时候给他施了摄心术，让他模糊了对太子的印象，当他看到庞朱的时候，以为庞朱就是太子，于是抓错了人。

怪不得当他一眼看到熊韬的时候有眼熟之感，而当他再次看到蓝戌仙子的时候，脑子已经完全清醒，知道自己被这妖女耍了，恨不得杀了这妖女。然而他一激动，却又被蓝戌仙子施了摄心术，险些要了太子的命。

“我乃千古罪人，当以死谢天下。”左事又是一个长拜。

熊韬非常紧张，因为他在电视上看过，当一个人说出“以死谢天下”这五个字的时候意味着将拔剑自杀。

“不可，不可——”熊韬一会儿看看寒露仙子，一会儿看看沈木，他希望他俩能阻止左事做傻事。

众农家弟子见左事跪在地上不起，便纷纷跟着跪在太子面前，齐声说道：“太子，我等也有罪，请求与左事一同接受惩罚。”

熊韬见这么多人给自己下跪，紧张得手心冒汗，手足无措。

寒露仙子也走到他面前，深深地鞠躬，说道：“农家弟子犯了错误，作为掌门人，也须接受惩罚，请太子降罪。”

熊韬真的急了，站在那儿不知该如何是好，想去扶姐姐，又担心自己手太脏，弄脏了姐姐纯白色的衣服，支支吾吾地说道：“姐……姐姐，别这样。”然后他拉了一把沈木的衣服，希望沈木可以化解现在的尴尬。

沈木将寒露仙子和左事扶起，说道：“诸位快快请起，如今已经搞清了事情的来龙去脉，善莫大焉。”

熊韬赶紧接过话茬，说道：“对啊，对啊，人没死就好，没啥事。”

“哈哈——”天边又传来蓝戌仙子猖狂的大笑声，说道，“农家果然是一群猪脑袋，死到临头，还这么迂腐。”

说话之间，蓝戌仙子口中的声波如同利剑一般向草场刺来，沈木横握宝剑，嘴唇微动，宝剑隔着剑鞘，发出一股寒气，寒气将那声波凝固成冰，“啪”

的一声，碎在地上。

众人惊叹，竖起大拇指，夸赞沈大侠内功深厚。

沈木说道：“大家千万不要分心，小心被蓝戌仙子的摄心术所控制。”

“太抬举我了。”蓝戌仙子越战越有兴致，她已经很久没有遇到高手了，今天就要好好战一场，“沈大侠，接招吧。”

蓝戌仙子拨动手指，那十指之间，如疾风劲舞，如毒蛇吐信，如袅袅云雾，如乌云密布，翻来覆去，好勾人心弦。

沈木摇摇头，不知不觉之间差点深陷其中。他回转过身，却见在场所有的人如他刚才那般，紧紧地看着蓝戌仙子如同魔术般变幻莫测的手指，甚是欢欣。不好，蓝戌仙子正在启动摄心术。

“寒露仙子，小心被催眠。”

寒露仙子如梦初醒，没想到自己居然也差点被蓝戌仙子催眠。不经意之间，蓝戌仙子就能对人催眠，她的实力到底有多强？这让寒露仙子胆寒。

沈木正要向太子吩咐些什么，却见太子早就不在身边，已经跑上了祭台，正在给庞朱松绑。沈木甚是欣慰，想来刚才蓝戌仙子在施摄心术的时候，太子是唯一一个没有被摄心术蛊惑的人。

见太子已经安全，沈木无后顾之忧，拔出宝剑，冲向蓝戌仙子。此时，他必须以攻代守，只有攻击蓝戌仙子，蓝戌仙子才没有时间继续使用摄心术。

见沈木杀来，蓝戌仙子不紧不慢，嘴唇翕动，突然之间，只见狼群从四面八方涌来，张牙舞爪，凶恶至极。

噩梦紧接着又来了，天空中的乌云越来越浓越来越浓厚，"嘶"的一声战马长啸，只见九个穿着一袭黑衣的蒙面人从天而降，挡在蓝戌仙子面前，接住了沈木这一击。

沈木大吃一惊，原来这正是他们在面馆遇到的九个杀手，他明明记得，当时他一掌将那女蒙面杀手重伤，为何恢复得这么快？

沈木凌空后撤，退到草场，没想到一会儿工夫，这九个杀手功力增加如此之多，让他感到百思不得其解。

"沈公子？！"寒露仙子极为担心。

沈木却异常冷静，说道："请带着太子和大家赶紧后撤。"

可是寒露仙子举目四望，草场早已被狼群包围，又从哪里后撤呢？

第九章

土遁逃生

熊韬也看见狼群已经将草场包围，可是绑在庞朱身上的绳索却非常难解，不管怎么用力都无法解开。庞朱微微看了一眼熊韬，好像在临死之前终于看到了一个熟人，并且这个熟人还是自己崇拜的人。他的嘴角露出微笑，但马上又昏厥过去了。

“胖子，胖子，你这死胖子，千万不能死啊。”熊韬的手一直在颤抖，嘴巴却利索得很，心里面害怕，手也慌了，不管想怎么解开绳索，可是连绳子结都抓不住。

“小哥哥。”

熊韬听见后面有人叫他，转过身，只见刚才那个小巫师突然将穿在身上的长袍子脱了下来。熊韬大喜，没想到他就是刚才在大树下遇见的小谷子。

“小谷子？！”

小谷子什么都没说，拿着剑，一剑挑开了绑在庞朱身上的绳子。

“哇——”熊韬大喜过望，没想到这小谷子个头小，年龄不大，却有这般能力。

“小哥哥，我们该走了。”小谷子一本正经地说道，“凶狼太多，爷爷说再不走就会被吃掉了。”

“爷爷呢？”熊韬左顾右盼，却没见到爷爷。

“看什么看啊，傻小子，爷爷在你下面啊。”

熊韬以为自己踩着了爷爷，低下头，却见爷爷披着个长袍子躲在祭台下面。熊韬一脸疑惑，问道：“爷爷，您怎么在这儿啊？”

“臭小子，躲在祭台下面安全啊。”爷爷驼着个背，却一副老不正经的样子，让人哭笑不得。

熊韬抱拳：“爷爷，谢谢您给我蚁鼻钱，我——”

“你这小子怎么这么多废话啊，要是逃不出去，要钱有啥用？”爷爷也很无奈。

“爷爷，难道您现在不爱钱了吗？”小谷子问道。

“哟——”说到这儿，爷爷想起这次祭祀还没给钱呢，于是像个老小孩一样跑到寒露仙子面前，向农家众人发难，说道：“刚才的工钱谁给结一下？”

原本紧张压抑的草场，突然被爷爷这要债声增添了几分荒诞滑稽。在场所有的人，包括一向见多识广的沈木也被惊得目瞪口呆，不知道从哪里冒出这么一个角色。

但是爷爷并没有在乎人们的眼光，指着农家弟子的鼻子，说道："你们这群人，说什么大富大贵人家的祭祀，我们爷孙俩都来了这么久，也不见有人倒杯水，也没人给我们结工钱，真把我们爷孙俩给坑了，再也不干了，再也不干了。"

爷爷一边抱怨，一边摇头，却见大家还在惊愕中，心里暗骂真是一群反应迟钝的家伙，说道："看什么看啊，谁把工钱给结了，我们得走了。"

寒露仙子后知后觉，掏出一块金币，递给爷爷，说道："老人家，真是不好意思，请多担待。"

爷爷拿着那块金币，眼睛冒着星星，嘴角洋溢着热情的笑容，回道："嘿嘿，还是仙子大气，这可是我生平第一次赚到这么大块的金币。"

爷爷像个守财奴一样从裤兜里面拿出了那个粗布袋，慢慢打开，将金币小心翼翼地放了进去，又慢慢拉紧，放回口袋。他拍拍钱袋，嬉皮笑脸道："没什么不好意思的啦，这买卖值得。"

然后向祭台上的小谷子招招手，说道："小谷子，今儿个收工，走啦！"

见那老头疯疯癫癫，神神叨叨，农家弟子错愕之下倒什么都没说，猜不透这个老头到底是什么来历。可这却惹恼了对面的蓝戌仙子，蓝戌仙子怒道："哪里来的老乌龟糟老头，这般目中无人。"

沈木这才恍然大悟，原来爷爷就在嬉笑怒骂之间破坏了蓝戌仙子施摄心术的节奏，这才使得草场上的人没有被催眠，此乃高人也。

爷爷听到有人在骂他老乌龟糟老头，故意背对着蓝戌仙子，慢慢将手放到耳边，好像在捕捉刚刚是哪个骂他："谁啊？谁啊？别不作声啊，刚刚谁在骂我啊？有种就站出来！"

蓝戌仙子气不打一处来，那老乌龟糟老头，跟他讲话居然用屁股对着自己，真是奇耻大辱。于是使出一招移形换位，站在蒙面杀手面前，指着那老乌龟糟老头骂道："你这老乌龟糟老头，想离开这里，简直是笑话！"

爷爷似乎听到好像是后面有人骂他，然后转过身，见那女人气急败坏地指着他的鼻子骂，不仅不生气，反而乐了，说道："嘿嘿，姑娘，你倒是有几分姿色，不过这脾气有点臭，嫁不出，嫁不出哦。"

蓝戌仙子见这老乌龟糟老头在光天化日之下敢诅咒自己，怒不可遏："好啊，好啊，你这个驼背老妖，居然敢戏弄本姑娘，今天你们一个也别想活着离开。”

“吹牛可别吹破天，要是我们都离开了这里，你这臭婆娘就等着吃我这老乌龟糟老头一个屁吧。”

爷爷还真是老小孩，说话之间惹得在场的人都笑了。

蓝戌仙子咬咬牙，暗骂道：待会看你们还笑不笑得出来，然后挥舞起手指来。

沈木以为蓝戌仙子要再次向他们施摄心术，高度戒备，却没料到这次蓝戌仙子虽然使出了摄心术，却不是针对他们，而是包围在草场四周的凶兽。一瞬之间，周围的凶兽行为举止几乎一致。

沈木大吃一惊，蓝戌仙子到底有怎样可怕的实力，居然可以让如此众多的凶兽在一瞬间被催眠，并听命于她?

包围在草场周围的狼群仰天长啸，这叫声凄冷凌厉，狰狞恐怖，如血月当空，如黑暗没有尽头，仿佛要将大地吞噬，要将人间变成地狱。草场里的农家弟子难以承受恶狼尖锐的长啸，他们倒在地上，如撕心裂肺一般痛苦，难以承受。

“啊——”熊韬倒在地上打滚，他仿佛感觉到肚子里面有一只无形的手，正在拉扯着他的五脏六腑，让他痛苦不堪。

沈木飞到熊韬身边，捂住了他的耳朵，还向草场大叫一声：“捂住耳朵。”

众人纷纷捂住耳朵，不去听，不去想那些刚刚被凶兽的吼叫勾起的恐怖记忆。蓝戌仙子见众人捂住耳朵，第一轮攻击已经达到效果，第二轮攻击又开始了。

爷爷见势不妙，走到祭台下对沈木说道：“这样下去根本无法抵抗那妖女一波又一波的攻击，必须逃走。”

“爷爷——”小谷子吓得缩成一团，见爷爷来了，都要流泪了。

“小谷子，放心好了，爷爷一定会带你出去的，我们还要去赚钱嘞，嘿嘿。”

见爷爷一副志在必得的样子，寒露仙子带着左事、右事一起跑到爷爷面前，寒露仙子作揖：“请爷爷救救我农家弟子。”

左事和右事纷纷作揖。

爷爷笑了，说道：“你们这么大方的雇主，我岂有不救之理？！”

农家弟子脸上渐露笑容。

“请爷爷明示。”沈木双手抱拳，请教道。

爷爷微微一笑，分别看了一眼沈木、寒露仙子、左事和右事，大家似有领悟，纷纷点头。罢了，沈木纵身一跃，向蓝戊仙子杀去。蓝戊仙子见沈木杀来，嘴角一咧，露出不屑，食指一拨，九大蒙面杀手一齐迎战。

沈木避实就虚，一剑挑开九大蒙面杀手的防守，撕开一道口子，继续向蓝戊仙子杀去。蓝戊仙子看出了沈木的意图，于百万人中取上将首级乃是以弱胜强、以少胜多的最好办法。

“可惜了。”蓝戊仙子笑道，“可惜你沈木纵然才华横溢也还是比不了我蓝戊仙子。”

蓝戊仙子见草场上的人一蹶不振，单靠一个沈木怎能翻天，那就陪沈木玩玩，也让他见识见识自己真正的实力。蓝戊仙子一声令下：“你们退下，我就跟沈公子好好玩玩，也省得落下胜之不武的口舌。”

九大蒙面杀手从左右撤开，给沈木敞开一条宽敞的大道。而就在沈木的剑尖要刺到蓝戊仙子心脏的时候，没料到沈木突然止步后撤，回到了草场。

蓝戊仙子不知道沈木到底在干什么，农家弟子瞬间在草场摆出了一个古怪的阵形。左事、右事、寒露仙子以及众农家弟子，分别站在草场的四个角落守卫着正中间正在祭台上施法的爷爷。

爷爷正在作一道法，只见在他手心生出一根金绳锁，绳锁如蛇，顺着四个角将草场上所有的人串联在一起。老头挥动手指，众人一齐施法，只见那金绳锁上从四面生出四道光屏，光屏向上延伸，然后向中间收拢，草场瞬间就像被一个薄膜袋子套住了似的。

沈木飞到光屏上空，蜻蜓点水，做了一个提袋子的动作，似乎想要利用光屏的拉力将草场从土地里面拉起来，然后从空中逃脱。

眼见草场四个角就要被沈木提起来，蓝戌仙子当机立断，施一道摄心术，围绕在草场四周的狼群高昂头颅，向空中吐出万根铁链，铁链互相交错，编织成一张巨大的铁网，罩住了草场，凉沈木插翅也难飞。

沈木一直拉着光屏往上飞，当那铁链正要给他当头一击的时候，沈木在空中转身，用脚尖轻轻一点那铁链，如开弓之箭，射向草场。“谢谢蓝戌仙子一臂之力！”

蓝戌仙子大为疑惑，不知道他们死到临头还有什么花招。

与此同时，草场四周出现了四个字，寒露仙子身上出现一个蓝色的“水”字，左事身上出现一个金光闪闪的“金”字，右事身上出现一个火红的“火”字，而众农家弟子占据的一角出现一个绿色的

“木”字。“水、金、火、木”四个字的力量全部汇聚到了老头的身上，老头身上冒出一个黄土颜色的“土”字。

蓝戌仙子这才恍然大悟，原来这老乌龟糟老头摆出的居然是这么怪异的五行阵，平时她也见过师兄使用五行阵，不过他们的五行阵都是摆出五角，彼此互相照应，找不到任何弱点。那种五行阵用于防守确实很奏效，但是对于一心要逃走的农家弟子来说，根本毫无胜算。

爷爷深知此理，于是兵行险招，剑走偏锋，并考虑到蓝戌仙子的博学多才，她一定会思索这到底是什么阵形。故意摆出一个四不像，然后以水、金、火、木护法，集中全力在土身上，再利用土遁术，以土为媒介进行，达到日行千里的效果，从而逃脱。

而沈木飞到空中，作用有二：第一，混淆蓝戌仙子的视听，让蓝戌仙子误以为他们会从空中逃跑，这样大家就有时间运功，将功力都集中在爷爷身上。第二，爷爷料定蓝戌仙子一定会在空中拦截，正好借助蓝戌仙子的天网，送他们一程。

沈木一掌推在“土”字上，草场已经变成了一块荒地，刚刚在草场上的人和草全部消失了。没过一会儿，“轰”的一声，铁链砸在这块荒地上，整片森林都在摇晃。

“咳咳咳——”那女蒙面杀手被铁链砸起来的灰尘呛得连声咳嗽，座下的烈马也失去了平衡，马蹄乱入，“嘭”的一声，从马背上掉下一个隐形的袋子。

“谁在里面？”蓝戍仙子火眼金睛，袋子虽是隐形，却也看得清清楚楚。

刚刚对峙紧张，女蒙面杀手忘了跟蓝戍仙子汇报，马上从马背上下来，将隐形袋打开，里面却是一个女孩，而这个女孩正是米兰。

女蒙面杀手将米兰放在地上，半跪在蓝戍仙子面前，说道：“启禀仙子，这个女孩与太子是伙伴，后来不知为何独自闯入森林，晕倒在地，恰巧被我捡到，请蓝戍仙子定夺。”

蓝戍仙子微微一笑，正要离去，却突发奇想，为什么这个女孩会从不同的世界来到这里？难道仅仅因为她与太子待在一起就被牵连进来吗？想必没这么简单。

她蹲下身子，这可是她第一次对一个人这么感兴趣。检查了一遍米兰全身的骨骼结构，当她的手碰到米兰心脏的时候，没想到这个女孩的心居然透明得没有一点儿尘埃，纯净如玉。

蓝戍仙子喜出望外，这女孩子乃是千年难得一遇的奇才，简直就是为了练就巫术而生的，天赋远在她之上。莫非这就是她来到这里的原因？蓝戌仙子也不想多加揣测，认定这一趟大有收获，假以时日，只要耐心调教，这个女孩必定可以成为一代巫皇。

转眼，蓝戌仙子将米兰从地上抱起正要走，那女蒙面杀手问道："蓝戌仙子将做何打算？"

蓝戌仙子侧转身，看着女蒙面杀手。

女蒙面杀手继续问道："不再继续追捕太子吗？"

蓝戌仙子微微一笑，说道："为何还要去追？"

女蒙面杀手不解，问道："可是太子跑了？！难道不用去追吗？"

"血灵咒马上就要开启了，需要追吗？"

"什么？"女蒙面杀手眉头紧锁，可是她们并没有抓住太子，也没有太子的血，血灵咒到底是怎么开启的呢？

"太子受伤的左手食指你没看到吗？"蓝戌仙子问。

女蒙面杀手这才想起，在面馆的时候她确实看见太子左手食指被包扎过，但是到了这里，缠在太子手指上的草药不见了。

"太子的血液粘在草药上，草药掉在了地上，正好被一个巫师捡到，交给了景昭大人。”

女蒙面杀手这才恍然大悟，看来血灵咒的开启也算是天意吧。

“历任楚王的天启都很强，唯独这任楚王的天启最弱，冥冥之中注定血灵咒要被开启，或许这就是天助吧。”蓝戌仙子微微一笑，转身离去。

“仙子，您要去哪里？”

蓝戌仙子一边走，一边说道：“你们回去吧，我自会向景昭大人汇报的。”

女蒙面杀手刚抬起头，蓝戌仙子早已带着昏迷的米兰消失在森林中了。

第十章 油枯灯灭

“啊——”熊韬不知道发生了什么，突然眼前一黑，只感觉耳边风声鹤唳。

“抓紧了。”耳畔又传来爷爷的声音。

“抓紧了，抓紧了。”熊韬也不知道抓紧了什么，好像抱着个什么东西，还有些温度。

突然，混沌黑暗中露出一点儿亮光，草场就像一艘潜艇一样从沉闷的大地中冲了上去，冲到了地面。

“呜啊——”熊韬一会儿眼前一暗，一会儿眼前一亮，他怎么也淡定不下来，胆子都快要吓破了。他紧紧地抱着那个东西，不敢睁开眼睛。

草场冲到地面，也许是草场上人太多，一时半会刹不住车，就像失控的汽车一样到处乱撞。

眼看大家就要撞上前面的一座大山了，沈木健步如飞，停在草场前面，寒露仙子和左事、右事全部跟了上去，四人合力，终于在快要撞上大山的那一瞬间，阻挡住了草场继续向前冲。

四周终于静了下来，祭台也不颠簸了，熊韬终于镇定下来。

“小哥哥，你该松手了。”

熊韬抬头一看，没想到从他们进入地下之后，自己抱着的一直都是小谷子。从下往上看，小谷子真像擎天一柱般屹立在天地之间。熊韬擦擦眼睛，“哇”的一声赶紧松开抱着小谷子的双手，小谷子一下子就掉在祭台上。

“哈哈——”只听见全场的农家弟子突然全都看着祭台哄堂大笑。熊韬非常惭愧，千不该万不该，居然在比自己小的小谷子面前表现得这么脆弱，脸一红，羞愧难当。

“放肆，你们岂敢笑话太子？”右事从那边飞过来，飞到祭台，跪在太子面前，说道：“我等一再冒犯太子，请太子恕罪。”

见右事又跪下来了，熊韬赶紧从祭台上站起来，扶起他，说道：“哎呀，右事，没什么的，大家都这么熟了，笑一下也没什么，更何况——”熊韬挠着头，心想，更何况他现在这样子确实挺好笑的。

此时，沈木和寒露仙子也飞到了祭台上，寒露仙子向爷爷跪下，说道："多谢前辈救命之恩，农家弟子永生难忘。"

众弟子一齐跪了下来，齐声说道："多谢前辈救命之恩，我等永生难忘。"

环绕在草场上的光屏渐渐消失，爷爷运了一口气，慢慢回收真气，坐定，然后睁开眼睛，见大家都跪在他面前，心里一急，骂道："哎呀，你们这是干吗？折煞我这老东西啦，况且寒露仙子给了我那么大一块金币，我得做点儿什么吧，赶紧起来吧。"

寒露仙子给爷爷磕完头之后，又看向沈木，说道："沈公子，请受小女子一拜。"

众农家弟子跟着一齐说道："请受我等一拜。"

"快快请起。"沈木扶起寒露仙子，说道，"如今正是楚国多事之秋、唇亡齿寒的时候，诸子百家更需要团结，互相帮助，才有可能共同存活。"

"嘿嘿。"爷爷从来都是一副老不正经的样子，说道，"还是沈公子心胸开阔，懂大局，识大体，不愧是英雄豪杰。"

"前辈过奖。"沈木说道。

"哎呀，"爷爷一脸坏笑地看着小谷子，问道，"嘿嘿，小谷子，爷爷厉害吗？"

小谷子刚要说厉害，却被熊韬抢了话，说道：

“爷爷真的是太厉害了，挥了挥手，我们就从那片魔鬼森林中逃出来了，现在也没见人追上来，真的太厉害了。”

“哈哈。”爷爷笑得合不拢嘴。

“可是爷爷刚刚使的那招叫什么来着？”虽然知道爷爷厉害，但是熊韬并不知道这是什么法术。

爷爷看了一眼小谷子，说道：“小谷子，就麻烦你来帮我向你的小哥哥解释解释这叫什么招，好吗？”

小谷子点点头，说道：“刚刚爷爷使的是道家五行遁术中的土遁。”

“土遁？”好像是借助土逃跑的，熊韬似有所领悟，以前在电视上看过，在《西游记》里面，孙悟空就曾用土遁术日行千里。

小谷子继续说道：“五行中有金、木、水、火土五大要素，五行遁术即分为金遁、木遁、水遁、火遁、土遁。金遁借助金属介质逃跑，木遁借助木头逃跑，水遁借助水逃跑，火遁借助火逃跑，土遁当然借助土逃跑。”

原来五行遁术就是一种逃跑的法术，熊韬终于明白了，如果学会了五行遁术，回到学校可以好好捉弄一下老师和同学了。想到这儿他突然大喜，说道：

“五行遁术我全要学。”

“嘿嘿，”爷爷笑道，“真的要学吗？”

熊韬似乎非常坚定，点点头，表示一定要学。

“小谷子，你再说一下这五行遁术的危害。”

“啊，还有危害？”熊韬打起了退堂鼓。

小谷子说道：“任何一个法术高超的巫师，在施法之后对他本人的身体都有很大伤害，所以法术也不能过量使用，每天只能使用一次，如果多次使用，那么命不久矣。

“使用金遁之后生命会垂危，不能抵御任何攻击，重伤者使用虽可逃脱，但是会马上死去；木遁必须要找到活的树木；水遁若是三天不从水中逃脱会永远困在水中，成为水族；火遁若是不及时从火中逃离，会被烈火焚身而死。”

“那土遁术呢？”熊韬问道。

“土遁术，土遁术——”小谷子支支吾吾，眼睛望着爷爷，心想爷爷并没有告诉他土遁术使用完之后的危害啊。

熊韬一想，也许土遁术没什么危害，说道：“那我学土遁术。”

“咳咳咳——”爷爷突然连声咳嗽，咳出一大口鲜血。鲜血喷在祭台上，染红一片，爷爷虚弱地倒在祭台上。

“爷爷——”小谷子跪在爷爷面前，将爷爷扶起来。可是任谁都没想到，刚刚还血色饱满的爷爷，突然之间如油枯灯灭，像朽木一样枯萎凋敝，眼眶深陷，让人觉得害怕。

“爷爷。”小谷子泪流满面。

“前辈——”寒露仙子立刻上前，跪在爷爷面前，要替爷爷把脉，看看爷爷的伤情如何。可是爷爷却摇了摇头，转而笑眯眯地看着两眼通红的小谷子，说道：“小谷子，你不是一直很想知道为什么爷爷这么喜欢钱吗？今天我就告诉你答案。”

小谷子见爷爷说话有些艰难，劝阻道：“爷爷，您别说了，好好休息吧。”

爷爷哪里肯听，轻轻运了一口气，说道：“爷爷年轻的时候太醉心于巫术，没怎么赚钱，到老了才发现原来我身边还有一个细伢子需要照顾，于是发了疯一样用巫术去坑蒙拐骗，还一度让自己的孙儿看不起，这对于一个巫师来说是多么可悲？”

然后从裤兜里拿出了那个钱袋，将钱袋递给小谷子，说道：“爷爷没什么本事，只赚到这么一点，现在全部给你，未来就全靠你自己了，咳咳咳——”

小谷子从爷爷枯瘦的手中接过了钱袋，早已泣

不成声。爷爷转过头，看着沈木，然后双手紧紧握住沈木的手，说道："沈公子，在我死之前，有一事相求。"

"前辈请讲，在下一定全力以赴。"

"帮……帮我……好……好好照……照顾……顾小——谷——子——"

爷爷身子一挺，离开了人世，身体化成一缕青烟，飘向天空。

"不——"小谷子两眼一红，大叫一声，哭天抢地，昏厥了过去。

爷爷化作青烟升天，大家经过短暂的悼念慢慢归于平静。平静之后就是烦恼，大家你看看我，我看看你，不知道下一步该往哪里去。沈木沉默片刻，说道："我有一个非常不好的预感。"

"什么？"寒露仙子问道。

"我们走了这么久，太子还在我们手里，却没见有人来追，这非常不正常。"沈木说道。

"这没有什么不正常，因为我们逃得远。"右事说道。

沈木摇摇头，说道："蓝戌仙子巫术高超，加上令尹景昭手里杀手如云，想找到我们易如反掌，如今这么反常，那么上郢一定发生了什么。"

“依沈公子之见该如何是好？”寒露仙子问道。

“只能潜入上郢，看看景昭到底在干什么。”沈木说道。

众人面色非常难看，不知道如何是好。刚刚才从狼嘴里脱险，如今又要入虎口，这不是找死吗？但既然沈公子已经做出了决定，寒露仙子也没反对，众人也不好说什么，准备好了牛车马匹，这便追随沈木一起前往楚国的都城上郢。

第十一章 贵族复辟

前往上郢的路并不平坦，坑坑洼洼，非常颠簸，车轱辘起起伏伏、叽叽呀呀地响，好像快要散架了似的。若非牛车上垫着一层厚厚的稻草，小谷子也要被颠得散架了。

小谷子渐渐苏醒，他睁开眼睛，没想到已是黑夜，满天的繁星一闪一闪，好像爷爷的眼睛。想起和爷爷在一起的点点滴滴，他的眼泪止不住地流了下来。

熊韬此时正拿着一条湿毛巾爬上牛车，见小谷子躲在角落里哭泣，他很心疼，也很明白，小谷子想爷爷了。他想起自己爷爷死的时候，也曾伤心了很久，如今的小谷子，何尝不是当初的自己呢？命运何等相似，让他们经历同样的悲伤。

他蹲了下来，将手中的毛巾递给小谷子，说道："弟弟，擦擦眼泪吧。"

小谷子抬起头，望着星光下的小哥哥，一头扎入小哥哥的怀抱，哭着喊道：“小哥哥，我想爷爷了。”

熊韬抱着小谷子，安慰他说，以后哥哥会照顾你的，会一直保护你的。他也不知道自己为什么有勇气说出这句话，从小到大，他还从来没有照顾过别人，也从未保护过别人。

“小哥哥，爷爷还会回来吗？”

“会的。”熊韬坚定地说道。

“会从哪儿回来呢？”

“梦——”熊韬赶紧闭嘴了，他本想说你会在梦中见到爷爷的，可是想起自己在梦中见到爷爷的情形，闹得整天浑浑噩噩，他希望小谷子还是不要经历像他那样的梦魇吧。转而说道：“爷爷永远住在你心里，从来没有离开啊。”

小谷子摸了摸自己的心，好像爷爷真的在那里。

躺在牛车另一边的庞朱也苏醒了，黑暗中，他睁开眼睛，第一眼看到的不是那些凶神恶煞的人，而是熊韬，这让他很是欣喜。

“小韬，真的是你吗？”庞朱从稻草堆中坐了起来，坐在颠簸的马车上，他那身膘也像波浪一样，此起彼伏。

熊韬看着因为他而差点丢了性命的庞朱，很是抱歉，他想说点儿什么，却不知道怎么开口，只点了点头，告诉他："兄弟，是我啊。"

庞朱激动不已，张开厚实的双手，将原本瘦弱的熊韬抱了个严严实实，口中一边喊道："小韬，我以为再也见不到你了。"

熊韬差点被庞朱抱断了腰，拼命将庞朱推开，喊道："快松手啊，我腰快断了。"

庞朱见熊韬脸色都快要青了，赶紧松手，熊韬倒在牛车上，连声咳嗽。庞朱见状，非常自责："小韬，对不起，对不起，都怪我粗手粗脚的，你没事吧？"

见庞朱还要来扶自己，熊韬连连摆手，说没事。

前面的沈木、寒露仙子和左事见孩子们都醒了，掉转马头，走到孩子们身边。庞朱一见到那个率领着一群野蛮人来抓自己的左事，皮肉紧张，害怕得不得了，忍不住尖叫一声："啊——"

左事见庞朱被自己吓成这样，极为内疚，说道："非常抱歉，这都是我的错，差点害了你的性命。这件事完了之后，我一定会接受应有的惩罚。"

左事如此真诚地道歉，虽然在短时间内无法弥合庞朱内心的创伤，但是庞朱并没有那么小肚鸡肠，说道："哪里，你们都是被蓝戌仙子蒙蔽，而把我误认为太子，将我抓起来，这又怎能怪你们呢？"

见这少年如此大度懂事，左事更加惭愧，低着头，罪己之心已深埋心底。

"可是小韬，到底发生了什么？早上我还坐在教室里上课，本想偷偷溜出去给你传张纸条，叫你下课后一起去买冰激凌，没想到就来到了这里——"庞朱稍微停顿了一会儿，好像想到了什么，一拍脑门，说道："哎呀，小韬，你说这么晚没回去，爸爸妈妈会不会担心？"

庞朱心急如焚，正要从牛车上跳下去，可是抬头一看，这什么鬼地方，前不着村后不着店的，跳下牛车又该怎么回去呢？

"小韬，这到底是哪，我们都在干什么？"庞朱看着熊韬，但是熊韬也一筹莫展。庞朱彻底绝望了，一屁股坐在稻草堆里，眼泪哗啦一下流了下来。

"庞朱，振作点，我们可以回去的。"熊韬拍了拍他的肩膀，和每次看着他那张画着鲜红零蛋的卷子一样，安慰他受伤的心灵。

过了好一会儿，庞朱慢慢接受了一个事实，抹了一把眼泪，看着坐在他对面的熊韬，问道："小韬，你告诉我，我们是不是穿越了？"

熊韬不忍直视庞朱模糊的泪眼，点了点头。

庞朱情绪突然激动起来，一手将熊韬推倒在牛车上。寒露仙子害怕他们打起来，想去制止，却被沈木拦住了。沈木摇摇头，让寒露仙子不要插手他们的事情，寒露仙子这才没上前。

小谷子也看不下去了，正要质问庞朱为什么推小哥哥，却被熊韬拉住了。熊韬知道，庞朱的情绪和米兰又何尝不是一样的呢？当得知被穿越时，肯定会心绪难宁。熊韬告诉小谷子，这没什么，这是他们之间的事情，小谷子这才恨恨地站在一旁。

庞朱质问熊韬："是不是你早就知道了？"

"我们要是知道就不会遭遇杀手的追杀了。"熊韬说道。

"可是我问你，你又怎么知道自己穿越了呢？"庞朱依然气愤。

"当时我与米兰挂在树杈上，正是被小谷子的爷爷救了，米兰在与爷爷的对话中得知我们穿越了。"

"米兰也在这里？"庞朱惊讶地问道。

"米兰得知穿越之后，一时半会接受不了这个现实，就跑进了森林，我本想去找她，没想到在森林里遇到了农家弟子的祭祀，更没想到那个被五花大绑的居然是你。"

说到这儿，熊韬转过头，看着沈木，继续说道：“就在我无计可施的时候，正好沈大侠及时出现，于是我委托沈大侠，一定要将你救出来。”

原来如此，在最危险的时刻，小韬并没有放弃自己，而是一直在想办法救自己，是自己误解了他。想到这里，庞朱强忍住泪水，问道：“那米兰呢？”

熊韬低着头，说道：“很抱歉，不过我一定会找到米兰，然后我们三个人一起回去，好吗？”

庞朱再也忍不住了，眼泪再一次哗啦哗啦地流了下来：“小韬，对不起。”庞朱后悔刚刚将所有的怨气都撒在无辜的熊韬身上，而熊韬却并未在意。

熊韬笑了，又拍了拍庞朱的肩膀，说道：“我们一定可以回去的。”

见他俩心里的芥蒂已经消除，在场的各位都很欣慰。

“可是小韬，我还有一个问题不是很明白。”庞朱擦了擦眼泪，问道，“我们为什么会穿越？”

庞朱一头雾水，但是熊韬也说不清楚，更不知道自己怎么就是太子了。熊韬抬起头，看着身披月光的沈木，问道：“沈大侠，你能告诉我们，到底发生了什么吗？”

马蹄在夜的深幕中奏响着美妙的旋律，沈木望

了望头顶漫天的繁星，已经多久没见过这么美的星光了？他沉默片刻，说道：“若要说起这件事，就不得不提你的父亲。”

“我爸爸？”熊韬很疑惑，这又跟他那个像木偶一样呆板的爸爸有什么关系呢？不过他真的有些想念爸爸了。妈妈就更不用说了，已经好几天没见到妈妈了，原本今天下午出差回来的，原本现在应该可以吃上妈妈最拿手的麻婆豆腐的……可是现在，他不想将思念的痛苦过多地展示出来，否则庞朱就要崩溃了，他不想在这个鬼地方失去自己原本不多的朋友。

“当年你的父亲楚悼王率领大军与赵、魏、韩三国开战，结果大败而归。经此一战，楚悼王更是坚定了变法的决心，试图通过变法达到富国强兵的目的。于是拜法家吴起为令尹，让吴起全权负责变法。”

“我父亲楚悼王？令尹是什么官？”熊韬问沈木。

“嗯，楚国的令尹相当于中原王朝的宰相。”

熊韬点点头，那官挺大的，一人之下，万人之上。

“吴起在楚悼王的支持下宣布变法。他提出，不管出身贵贱，在法律面前人人平等。不管王公大臣还是平头百姓，只要触犯法律，都要接受法律的制裁。

这在以前是不敢想象的，以前贵族享受绝对特权，杀人放火，都不会受到惩罚，百姓对此敢怒不敢言。

“不管出身贵贱，只要建立战功，就都应该按照功劳大小封官进爵。但在以前爵位全部被旧贵族势力垄断，平头老百姓就算功劳再高也得不到封赏。

“政令一出，便得到了楚国广大老百姓的支持，老百姓发现，楚国不再是旧贵族的楚国，而是大家的楚国，只要大家努力，就会得到自己想要的土地和爵位。这激发了所有人生产和战争的积极性，楚国空前繁荣，一时国富兵强。

“可是变法同时也沉重打击了旧贵族势力，他们再也没有特权了，以前杀人放火官府管不了，以前根本不需要打仗就能世袭祖先的领地和爵位，但是现在若是没有军功，爵位和土地都会被朝廷剥夺，他们对吴起恨得咬牙切齿。

“旧贵族一直潜藏在暗处，他们无时无刻不想着要诛杀吴起，复辟旧贵族势力。这个机会终于来了，楚悼王死后，以景昭为代表的旧贵族势力如厉鬼一般从楚国各地突然出现，将吴起杀害。

“虽然旧贵族势力杀死了吴起，但是他们依然很不放心，如果太子登基之后继续沿用吴起变法所留下的制度，就算吴起死了，法家制度还在的话对旧贵族势力始终都是不利的。

“再加上当今社会还存在诸子百家，比如墨家、儒家、农家、楚商会、道家等门派，他们都是以平民大众为根基建立起来的门派，对法家非常有好感，而对旧贵族势力或多或少都有不满。保险起见，景昭决定与憎恨诸子百家的巫山联手，胁迫太子启动血灵咒，释放凶兽，借助凶兽的淫威统治楚国。”

沈木停顿了片刻，叹了一口气，说道：“若换在从前，旧贵族势力绝对不敢劫持王上释放禁咒，他们一定会誓死阻止王上释放禁咒，因为他们害怕，害怕自己的封地也会被凶兽霸占。但是现在完全不同了，吴起变法之后，旧贵族势力已经没什么土地，所以他们也无所谓了，反而对凶兽抱着侥幸心理，认为只要凶兽得了楚国，他们就可以在凶兽的手中得到分封。”

众人长叹一口气，旧贵族势力为了自己那点私利，对天下也不管不顾，实在可恶。

沈木继续说道：“接下来的事情大家很清楚了，就在景昭要得手的时候，时空突然错乱，太子居然在祭台上消失，再次见到他的时候已经是在面馆了。”

“那你们又是怎么知道我会在面馆出现的呢？”熊韬问。

"巨子与伏羲关系非常好，伏羲通过八卦演算，推断出了您的位置。"沈木回答。

人群突然陷入了短暂的沉默，庞朱抓着后脑勺，如果说熊韬来到这里是因为他是太子，必须回来，可是他什么都不是，来楚国干吗呢？

"哎！"庞朱叹了一口气。

"怎么了？"熊韬问道。

"我还是不知道我为什么来到这里！"庞朱一脸茫然。

"这个——？"沈木也无法回答。

"是我连累了你，还有米兰，你们都是被我卷进来的。"

见熊韬这么自责，庞朱赶紧摇头，说道："不，小韬，我不是这个意思，我只是很想搞清楚我在这个地方的角色，就像你一样，你是太子，而我呢？我又是什么？我为什么来到这里？我来这里干吗？我想知道的是这些，并没有怪你的意思。"

熊韬突然变得深沉起来，问道："还记得早上我跟你说的话吗？"

"什么？"

"我说我是楚王室后人，就需要一个像你这样大块头的跟班！哈哈——你来这里的使命就是给我当跟班啊！哈哈——”熊韬一边说，一边笑得前俯后仰。

众人也被逗乐，回到自己的位置，继续前行。

但是庞朱却很严肃，心想，熊韬真的这么说过吗？他一点都不记得了。不过如果真如熊韬所言，他来到楚国就是为了当帮手，那真是太凄凉了，他当太子，我当跟班。哎，倒数第一与倒数第二的命运相差难道就这么大吗？

可是转念一想，米兰来到楚国又是干什么的呢？莫非她就是熊韬的太子妃？这可便宜了熊韬啊，癞蛤蟆吃到了天鹅肉——还得看能否穿越成太子啊。

想到这儿，庞朱轻松多了。

见庞朱一会儿严肃，一会儿自个儿发笑，熊韬推了一下庞朱，说道：“喂，你在想什么呢？”

庞朱又神情严肃起来，问道：“小韬，你说我们穿越之后，爸爸妈妈会不会担心得要命啊？”

熊韬双手反插在脑后，望着天空中的星星，说道：“应该吧。”

“我们能不能写封信回去给爸爸妈妈，就说我们没什么事，一切都挺好的，叫他们别担心，或者告诉他们说我们过几天就会回来，或者——”

“庞朱。”熊韬一脸严肃地看着庞朱。

“啊？！”庞朱呆呆地看着熊韬，以为熊韬又要说什么这是楚国，寄信是不可能的。

“你看。”

这时，熊韬将藏在身后的阿早抱了起来，抱到庞朱面前。但是庞朱并不认识这只猫，问道：“这是你在楚国捡的猫吗？”

阿早“喵”了一声，似乎很是生气，将头扭了过去。熊韬这才想起来，早上的时候，虽然阿早在教室外出现，但庞朱却根本没看见，所以他们还不认识。他挠了挠头，说道：“抱歉，我忘了介绍了，它叫阿早。”

“阿早？”庞朱也懒得去管这猫到底是在哪捡的，只知道这个名字很好听。

熊韬点点头，说道：“这是米兰给它取的名字。”

“阿早？阿早！早上的猫，嘿，这个名字真好听。”庞朱从熊韬手中接过阿早，起初阿早还在生气，但是慢慢地便与庞朱打闹在了一块儿。

看着庞朱在那儿逗猫，而小谷子又不知道什么时候睡着了，熊韬的世界突然变得清净了不少，他望着满天的繁星，脑海里都是米兰的模样。

米兰，不知道你现在过得好不好？

第十二章 禁咒开启

沈木和寒露仙子骑着马带着大家刚刚走过一个阴郁的森林，前面是大悬崖，悬崖之下，便是人间少有的不夜城——楚国都城上郢，那灯火与满天繁星交相辉映，美如仙境。

左事一声令下，农家弟子在此休息，待到天明，乔装进城。大家卸下身上的包袱，原地休整。

沈木也打算睡去，却看见寒露仙子站在悬崖边上，似乎没有睡意。下半夜的凉风从她的身后吹来，寒露仙子紧了紧身上的薄纱，虽然是仙子，也抵不住大自然的寒冷。农家尊崇天地之间的时令节气，尊崇春夏秋冬的轮转变化，尊崇万物之间的自然规律，从不忤逆。

沈木走到寒露仙子身边，将自己身上的披风取了下来，递给她，关切道：“仙子，小心着凉。”

寒露仙子微微一笑，从沈木手里接过了披风，说道：“沈公子，有一个问题不知道该不该问。”

沈木看着摘去了面纱的寒露仙子，好似邻家的女孩那么亲切，问道：“什么？”

“如果太子真的启动了血灵咒——”

“当日我亲眼所见，虽然祭祀程序都已经启动了，但是在最后一道程序中，太子并未流血就凭空消失了，血灵咒根本没有机会启动。”沈木直接打断了寒露仙子的猜想，让寒露仙子没有最坏的打算。

“不，”寒露仙子摇摇头，说道，“我不是问这个，我是问假如启动了的话，太子本人会怎样？”

沈木并未回答。

寒露仙子说道：“太子天性善良、随和，是一个非常好的孩子，想必也将是一个非常好的王，这对楚国老百姓而言，是一件幸运的事，但是如果他真的出事——”

寒露仙子声音有些哽咽，脑海中又浮现出熊韬亲切地称呼她为姐姐的情形，她喜欢这个少年，就像亲弟弟那样让她疼爱。

沈木这才明白，寒露仙子是真的关心太子，安慰道：“仙子请放心，有沈木在，太子绝对不会出事的。”

“不，”寒露仙子眼眶里闪烁着泪花，月光下，晶莹剔透，“我并不是担心沈公子的能力，而是担心太子无法承受这些。”

“可他是太子，是未来的王，是唯一能解开又是唯一能封印血灵咒的存在，他与生俱来就不是一个普通的孩子，他从出生就拥有颠覆世界的能力，无论痛苦还是悲伤，这些都需要他亲自去承受，而我们并不能改变什么。”

星光渐渐暗淡，远处的天空露出鱼肚白，天空将明，而一切却不可知。

“喵——喵——喵——”林中突然传来阿旱急促的叫声，沈木和寒露仙子一夜未睡，他们转过头，却看见躺在稻草堆中的熊韬浑身哆嗦。

他们跑过去，蹲在熊韬身边。寒露仙子见熊韬全身发热，面色苍白，额头冒冷汗，确是发烧症状。然后从衣袖中取出一颗神龙百草大药丸，正要塞进熊韬嘴里时，却被沈木拦住了。沈木席地而坐，将熊韬的左手拿起，手如火炭。

“伤口？”寒露仙子大惊，看到了熊韬左手食指上那道被锋刃划破的伤口，伤口上还留有残渍，明显是包扎过草药留下的痕迹。

寒露仙子心头一沉：伤口？太子的血？最后的

程序？血灵咒？难道——寒露仙子不敢再想下去。此时，沈木已将熊韬扶起，大叫一声：“仙子，请帮我扶着太子。”

寒露仙子从沈木手中接过太子，在熊韬背后扶着他的双肩。沈木面对着熊韬运功，一掌打在熊韬的胸前，原本想将他体内毒气逼出。可是不管沈木内功如何了得，那体内之毒就像一个无底黑洞，将他的功力尽收己用，并以此产生强大的反噬。沈木虽双倍消耗，但熊韬却不见半点儿好转。

寒露仙子见沈木额头冒汗，提醒道：“沈公子，切不可过于用蛮力。”

沈木也非常清楚，再这样下去，还没驱除熊韬体内的毒气，自己倒先毙命了。可是不知道为什么，自他给熊韬运功，已经完全由不得自己。他也很想收功，双手却好像被一个大吸盘吸住了似的。

“公子，我来帮你。”

沈木已知寒露仙子要用自己的真气取代他，以此让他从太子身上收功。可是寒露仙子却忘记了她的功力远在自己之下，如今太子体内又有双倍于自己的功力，寒露仙子这样做就等于自取灭亡。

就在寒露仙子一掌打在熊韬背上时，沈木再一次使出全身真气。借助太子的身体穿流而过，挡住了寒露仙子的真气。寒露仙子以为是太子体内的真气，便再次运功，打在太子身上，沈木口吐鲜血，倒在地上。

“沈公子？！”寒露仙子赶紧放下太子，扶起沈木，沈木此时面容憔悴，奄奄一息。寒露仙子给沈木服下一颗神龙百草大药丸，帮助他恢复元气。

药丸很快起了作用，沈木微微睁开眼睛，看着寒露仙子，说道：“血灵咒已经开启。”

“什么？”寒露仙子简直不敢相信自己的耳朵，“太子，他——”寒露仙子一边说着，一边看着太子左手食指上的伤口。

“是的，那伤口也许就是打开血灵咒的最后一道程序，而我们都忽略了。”沈木捂着胸口说道。

“怎么办？”寒露仙子心急如焚。

“嗷——”

“哼哼——呜呜——”

“噼——噼——”

从地底下突然传来阵阵怪异的声音，同行的人纷纷从美梦中惊醒，不知道到底发生了什么。惊魂未定之际，却又看见沈公子不知怎么身受重伤，地上分明是他刚刚吐出来的鲜血。

牛车上的庞朱和小谷子也醒了，见大家脸色惊慌，也不知道到底发生了什么。

“怎么了？”小谷子揉着惺忪的眼睛，可是人们早已慌乱，没有人回答他。

“小韬——”睡在牛车另一头的庞朱刚一坐起来就看见昏倒在地的熊韬。原本昨天晚上都说好了让熊韬和小谷子睡在牛车上的，但是熊韬死活将牛车上的位置留给了他，而自己却抱着稻草堆睡在了地上。

小谷子转过头，却见小哥哥脸色苍白，身上仿佛冒着一股热气，大喊一声：“小哥哥，你怎么了？”

然后迅速爬起来，纵身跳下牛车，扑倒在熊韬身边，而庞朱也跟着一起滚了下来。就在小谷子的手碰到熊韬的时候，小谷子“啊”地一声惨叫，没想到小哥哥身上就像一炉炭火，手指都要被烫去半块皮。

他正想问沈木，才发现沈木居然也已身受重伤。“大哥哥，你——你怎么了？”他不敢相信，只是睡了一觉，仿佛这个世界都变了。

“没什么。”沈木故作镇定，抱起了热得滚烫的太子，然后从地上站了起来。

寒露仙子正要搀扶他，沈木摇摇头，说道：“仙子，在下必须马上带太子离开这里，否则我们将全军覆没。”

然而，沈木刚将太子放在牛车上，大地突然异震，地面渐渐鼓起来。刚刚还很安静的马匹突然焦躁

不安，恐慌之中发出阵阵嘶鸣，拼命地要去挣脱绑在树上的缰绳想要逃跑。

鼓起来的地面突然就像剖开的腹部，那些只能在《山海经》中看到的凶兽异兽破土而出，那些不经吓的马匹当场晕厥，落地之间，就被一只看起来只有一条土狗般大小的凶兽一口活吞。一会儿，刚刚还好好的马匹就被凶兽全部鲸吞，没留下一根骨头。

凶兽越来越多，将人们全部包围。人们大骇之际战战兢兢，以沈木为中心，逐渐聚拢。可是人们每后退一步，凶兽就前进一步，直至退到悬崖边上，已退无可退。

左事脸色煞白，问沈木：“沈大侠，你不是说血灵咒没有开启吗？这些凶兽又是什么？”

人们渐渐将眼光投向躺在牛车上的太子，哪晓得，太子那根受伤的手指居然冒出一层红色的光晕，那光晕就像烧红的铁饼，让人炽热眩晕。

“太子他——他到底怎么回事？”左事大吃一惊。

小谷子见小哥哥就快要被这红光烤焦，正要靠近，却没想到周遭的凶兽异常愤怒，其中一头三只脚的凶兽大喊一声：“不许碰我们的王。”然后一跃而上，向小谷子扑去。

小谷子吓得目瞪口呆，他只想去看看小哥哥有没有事，却没想到触怒了凶兽，这是为什么呢？他脑子一片空白，那凶兽已经扑来，沈木拔出宝剑，将凶兽击退。左事心中起疑，这凶兽明明就是为了保护太子而对小谷子进行攻击的，难道血灵咒真的开启了吗？

“沈大侠？！”左事看着沈木，欲说又不能说。

沈木点点头，其实他早就应该知道，在森林里看见太子手指上的伤口时，不好的预感就一直缠绕在他的脑海里，只是他不愿意这么去想。可事实却就是这样，也许冥冥之中，血灵咒都会开启吧。

“怎么会这样？”众人神色绝望，不知该如何是好。

“血灵咒开启之后，太子最后会变得怎样？”人群之中，不知道是谁问了一个与寒露仙子一样的问题。

沈木生性敦厚，从不说谎，也并不隐瞒什么，说道：“血灵咒将借助太子的身体复活，那时候，太子就不是太子，而是可以召唤万千凶兽的凶兽之王，无所不能。”

原来刚刚那凶兽说的“我们的王”指的就是太子，大家恍然大悟。

寒露仙子以为当沈木说出真相之后农家弟子又会

像在森林里一样，要将太子杀害，可是没想到，人们却突然大笑。

沈木不明所以，而庞朱早已挡在熊韬面前，做出保护熊韬的架势。不管是谁要伤害熊韬，他都要与他们抗争到底。

左事向众弟子说道：“各位兄弟，你们相信太子是凶兽之王吗？”

众人答道：“不相信。”

“那么好，兄弟们，杀出一条血路！”左事大喊一声，众人士气大涨，振奋精神，集中力量，朝一个方向突围。

凶兽群被彻底激怒了，向众人扑来。农家弟子口中响起了最隆重的二十四节气之歌：“春雨惊春清谷天，夏满芒夏暑相连。秋处露秋寒霜降，冬雪雪冬小大寒。”

歌声震天动地，响彻山谷，众弟子拿起武器奋力杀去。

左事突然回头看了一眼还站在牛车边上发呆的沈木，大喊一声：“沈大侠，带着太——”

左事还没讲完，就被那为首的三脚凶兽咬穿了脖子。

“左事——”沈木大喊一声冲了过去，抱住了左事。左事嘴角满是鲜血，紧紧握住沈木的手，说道：“沈大侠，我们都相信你，相信太子——”

说完这最后一句话，左事就倒在血泊之中，没了气息。

“左事——”寒露仙子那边自顾不暇，却见左事已死，悲痛万分。

“小心。”

就在寒露仙子分神之际，一只凶兽向寒露仙子扑来，沈木移形换位，一剑将凶兽劈成两半。

“救命啊！”小谷子大喊一声。

沈木还未缓过一口气，只见八只凶兽不知何时已经将原本拖着牛车的牛给活吞了，拉着牛车越过了凶兽的包围圈，向上郢奔去——它们这是要劫走太子。

“不好。”沈木来不及与寒露仙子多说，一个飞身，飞离了凶兽的包围圈。众凶兽见沈木正在追赶太子，扭过头，无心与农家弟子再战，向沈木追去。

坐在牛车上的庞朱和小谷子惊魂未定，又被凶兽劫持，牛车如风，吓得魂魄全无。小谷子见沈木正在后面追赶，大喊道：“大哥哥，救命啊！”

沈木腾飞在空，左脚踩右脚，右脚踩左脚，如若阶梯，轻轻一点，快速如风，追上了牛车。

小谷子欣喜若狂，扑到沈木怀中，喊道：“大哥哥，你真厉害。”

沈木放下小谷子，走到熊韬面前，熊韬刚才还只是伤口发出红晕，如今似乎更严重一些，连脸上都如铁饼一样通红。沈木心头一揪，前面就要到上郢了，若是在进城之前不能将孩子们救走，以后就更难了。

他想将太子抱起来，以免他受到伤害，可是不等他碰到太子，拖着牛车的八只凶兽突然愤怒不堪，八只变六只，两只跃上了牛车，恶狠狠地盯着沈木。沈木一句话也没说，宝剑一亮，那两只凶兽化为灰烬。

正在后面追赶的群兽见沈木如此了得，大为震惊，为首的三脚凶兽一声令下，只见后面成群的凶兽突然背上长出翅膀，组成飞鹰部队，如离弦之箭，攻向沈木。

沈木挡下一波，又来一波更为凶猛。

“大哥哥。”小谷子见沈木嘴角又在冒血，再这样打下去，迟早撑不住的。

“我答应过你爷爷，一定会照顾你的。”沈木看了一眼小谷子，这让小谷子非常感动。

“庞朱，你也是，我也会全力保护你的。”

庞朱刚刚还以为大家都将他忽略了，没想到沈木依然惦记着他，这也让他感动。

就在沈木要再次将凶兽击退之时，拖着牛车的绳索突然"嘣"的一声断了。车轮碰到一块石头，牛车被掀起一丈多高。

"啊——"孩子们大为恐慌，眼看着就要摔向悬崖，只见沈木灵机一动，这正是逃离凶兽包围圈的绝佳机会。于是用真气将牛车护住，牛车在空中翻了两个跟斗后保持平衡，就像一架降落伞一般缓慢落下悬崖。

"嗷——"凶兽站在悬崖绝壁上，眼巴巴看着太子就这样被沈木带走了，心有不甘。

"它们不追了，它们终于不追了！"庞朱大喜，与小谷子互相拥抱，"终于安全了。"

沈木坐在稻草堆中，看着车头，只见阿旱正气定神闲地站在那儿。这次多亏了阿旱，若不是阿旱将那绳索咬断，他们根本无法从凶兽的包围圈中逃脱。

"谢谢你——"

小谷子不知道沈木在跟谁说谢谢，却见沈木两眼一黑，晕倒在稻草堆中。

"大哥哥——"小谷子跑到沈木身边，沈木早已奄奄一息。然而更让小谷子绝望的是，保护在牛车上的真气渐渐消失，牛车失去了浮力，从空中垂直下坠。"啊——"又是一声凄惨的尖叫，等待他们的，不知生死。

第十三章 百兽相残

牛车摔在崖谷，粉身碎骨。孩子们倒也幸运，因为有稻草垫背，加上半坡上长满了青草，并无大碍。小谷子从散乱的稻草堆中爬起来，却见沈木虚弱得晕倒在地上，怎么也站不起来。

“大哥哥。”小谷子跑到沈木身边，想将沈木扶起来，但是沈木摇摇头，用尽力气说道：“快去看看太子。”

小谷子这才如梦初醒，想起好一会儿没见到小哥哥。然后又站起来，却见小哥哥和庞朱就在不远处。

“小哥哥。”小谷子一边喊，一边向熊韬跑过去，却闻到一股烧焦的味道，越往前跑，烧焦的味道越浓。哪儿来的火？当他跑到小哥哥身边的时候，小哥哥的身体居然如炭，把压在地上的稻草秆和青草都烧着了。

眼看火就要烧到还处在昏迷中的庞朱身上，小谷子一脚狠狠地踹在庞朱的屁股上，喊道：“快醒醒啊。”

庞朱“啊”地大叫一声，从地上跳起来，却见躺在旁边的熊韬居然在火中，大喊一声：“小韬——”

小谷子什么也顾不得，一脚踏入火苗中，正要将小哥哥拉起来。可是当他的手就要碰到小哥哥的时候，又是“啊——”的一声惨叫，从熊韬体内涌出一股巨大的热量，将小谷子冲倒在地。

“小谷子。”庞朱慌忙跑到小谷子身边，扶着他，却看见他刚刚碰到熊韬的手已灼伤。

沈木听闻孩子们的惨叫，捂着纵横交错的经脉，艰难地从草地上站起来，踉踉跄跄地走到孩子们面前。

自从被熊韬体内反噬出来的内力所伤之后，其实他比谁都清楚，就算拼尽全力也无法解除熊韬体内已经开启的血灵咒。血灵咒的威力实在太强大，远没他想象的那么简单。可是这么强大的血灵咒当初又是如何被鬻熊封印的呢?

想来，在这世界上，万事万物都有一个相生相克的原理吧，再强大的禁咒终归有克星，而这个克星就是熊氏一脉的王之继承者。沈木算是明白了其中的奥秘，看来他最初的设想没有错，《九灵通史》也没有骗人，要想再次封印血灵咒，非熊韬莫属了。

小谷子看着蹒跚而来的沈木，热泪盈眶，说道：“大哥哥，快救救小哥哥，要不然他会死的。”

沈木什么也没说，呆呆地站在那儿，如今他也不知道该怎么办才好。

“难道我们就只能这样眼睁睁地看着小哥哥烧死吗？”

小谷子的情绪越来越激动，眼泪止不住往下流。这让扶着他的庞朱也很心痛，心痛自己在大家毫无办法的时候什么也做不到，心痛自己太无用。

绝望中，只见庞朱突然从地上站了起来，冲入那已被熊韬身上的火焰烧焦的土地，忍受巨大的灼痛将熊韬背了起来。

沈木和小谷子完全震惊了，一时半会也不知道该做什么，呆呆地愣在那儿，好像时间都停止了一样。

豆大的汗珠从庞朱的额头上冒出，他抬起头，虽然火焰已经将他的脸烤得通红，但他的目光却无比坚定，并暗自发下誓言：“小韬，就算我死了，也会救你的。”

“咳咳——”熊韬好像听到了庞朱的心里话，他微微睁开眼睛，却见庞朱的耳朵和脖子都被自己身上的火焰烤得滚烫通红。再这样下去，庞朱一定会被烧死的，他急促地在庞朱的耳畔喊道：“快，快放我下来。”

庞朱并没有搭理熊韬，只是坚定地望着悬崖下面，说道：“我一定会救你的。”

“可是在你救下我之前，你已经被烧死了。”

“哈哈——”庞朱表情很轻松，“小韬，还记得在学校的情形吗？在学校，只有你才会把我这个倒数第一当朋友啊。”

“朋友？”熊韬的心好像被针扎了似的，比身上燃烧的火焰还让他痛苦难堪。

庞朱点点头，说道：“为了朋友，我愿付出一切。”

“喵——”然而就在此时，刚刚烧焦的空气中传来血腥的气息，大家抬起头，却见阿早正站在那块大石头上，它望见五百米开外狼烟四起，大叫一声，提醒大家赶紧离开这里。

小谷子搀扶着沈木，庞朱背着熊韬，在阿早的带领下，他们迅速穿过一条藏匿在两山之间的狭长密道，不想前面居然是一片被云雾笼罩、如在梦中的水泽。眼看那凶兽就要追上来，他们绝望地望着眼前这片看不到边际的云梦泽，不知这路该如何前行。

沈木本想用剑将旁边的树木砍倒，然后快速制作成简易木舟，可力气使不上来。小谷子站在一旁干着

急，从沈木手中接过剑，却不料剑足有百来斤重。

“危险。”

小谷子没有握住剑，剑从手上脱落，差点刺穿他的脚掌，沈木半空中将剑拦截，小谷子这才没受到伤害。

“咳咳咳——”沈木刚刚接剑之时用了些力气，没想到体内的气喘不上来。

“对不起，大哥哥，我——”

沈木赶紧阻止了小谷子继续说下去，说道：“赶紧离开这里。”

他们沿着云梦泽，一路向北逃亡。可是没走多远，发现北方也是一条绝路，被沼泽淹没。

“怎么会这样？”小谷子心急如焚。

就在大家迟疑之际，没料到背后的凶兽神鬼莫测，竟不知道什么时候已经将大家又一次包围了。沈木拔出宝剑，护住孩子们，独自面对队形齐整的凶兽。

为首的三脚凶兽站在湿雾浓重的云梦泽前，云雾浸染它的皮毛，湿漉漉的。虽然样子看起来凶残，但沈木却生了怜悯之心，它们就像刚刚淋过雨的孩子，找不到一处可以遮风挡雨的港湾。

“嗷——”三脚凶兽仰天长啸，那声音凄惨哀怨，回荡在云梦泽上，昏天暗地，如云吞、如雾吐，气势之盛，连沈木也站立不稳，后退了两步。

三脚凶兽停止嘶吼，望着身受重伤的沈木。沈木一手握着剑，一手捂着胸口，感叹这凶兽的内力在他之上，就算自己不受伤，也根本不是它的对手。

“把王还给我们。”三脚凶兽平静地说道。

或许是受到这云梦泽湿气的渗透，熊韬身上原本旺盛的火焰渐渐消退，这也让背着他的庞朱终于可以不受烈焰烧烤之苦。听到三脚凶兽要将他带走，迷糊之中，他把脑袋搁在庞朱的肩膀上，左右摇晃，喊道：“不，不——”

三脚凶兽眼神中流露出绝望，哀求道：“王，你是我们的王，跟我们回去登基吧。”

“不，不——”熊韬内心挣扎，深藏于体内的血灵咒不停地驱使着他跟凶兽走，但是另一面，于他灵魂深处，他不想离开为自己身受重伤又身处绝望之中的朋友。

“难道在王的眼里，您与所有人一样，看我们都是十恶不赦的凶兽吗？”三脚凶兽低下头，神情沮丧。

熊韬微微睁开眼睛，憔悴中，问道：“如果我是你们的王，那你们是否会听我的命令？”

三脚凶兽眼前突然一亮，抬起头，深情地望着奄奄一息的王，问道：“您已经承认是我们的王了吗？”

“会不会听我的命令？”熊韬再问一遍。

三脚凶兽“扑通”一声跪倒在地，后面整齐的群兽也跟着跪了下来，它们一齐喊道：“愿听我王命令。”

众人惊讶地看着熊韬，小谷子以为小哥哥真的要跟凶兽走了，非常不舍，含着眼泪喊道：“小哥哥。”

熊韬咳嗽一声，微笑地看着小谷子，然后又看着跪在他面前的群兽，说道：“那好，我命令你们离开这里，从此以后，都不能伤害我的朋友们。”

群兽震惊，面面相觑，刚才还以为王愿意跟它们回去登基，没想到王下的第一道命令就是要将它们驱逐。

一只独眼凶兽突然情绪失控，从跪着的群兽之中站了起来，一晃之间，突然狂笑不止，口里喊着：“骗子，骗子，都是骗子。”

三脚凶兽一怒而起，恶狠狠地盯着独眼凶兽，怒道：“在王面前，谁允许你如此放肆？”

独眼凶兽的怨气瞬间被激发，指着三脚凶兽大吼："傻子，你这个傻子，没有人会为我们主持公道的，没有，没有。"

"王会的。"三脚凶兽肯定地回答。

"他吗？难道我们悲哀到指望一个孩子吗？"独眼凶兽朝天怒吼，两眼通红，瞪着三脚凶兽背后的王。

熊韬大吃一惊，并不是因为那独眼凶兽看起来如何吓人，而是他在群兽中发现了一个惊人的秘密，那就是每一只凶兽身上都有残疾，缺耳朵的，没鼻子的，少尾巴的，断脚趾的……那些残疾真让他怀疑凶兽之前是否受到了什么虐待，才会如此。

那独眼凶兽一跃而起，张开血盆大口，向孩子们扑来。庞朱和小谷子大惊，吓得两腿都软了，以为死定了。

然而与此同时，让他们怎么也想不到的是那三脚凶兽如风疾驰，向独眼凶兽扑去。就在三脚凶兽咬住独眼凶兽脖子的时候，独眼凶兽突然放弃抵抗，三脚凶兽没收住力，一口咬断了独眼凶兽的脖子，独眼凶兽"扑通"一声从半空中跌落在地。

群兽悲乎，望着倒在血泊中的独眼凶兽，一齐默哀。三脚凶兽呆呆地看着独眼凶兽，眼泪"哗"地流了下来，然后走到独眼凶兽身边，用舌头舔它他的伤口："对不起，对不起——"

但是独眼凶兽却并没有怪罪三脚凶兽，微笑着说道："自创世以来至今，也许这就是我们的命吧。"

说完，独眼凶兽紧紧闭上了眼睛。

"不——"三脚凶兽朝天怒吼，然后抱着独眼凶兽离开了这里。

大家都没有搞明白刚刚到底发生了什么，而群兽早已消失。小谷子从错愕中惊醒，看着沈木，问道："大哥哥，刚刚那只独眼凶兽想要攻击我们，是被那只三脚凶兽阻止的吗？"

沈木看着小谷子，点点头。其实明眼人都能看得出来，三脚凶兽一心要保护熊韬，就算是自己的同类，若要伤害王，它也绝不手软。

凶兽走后，大家都松了一口气，但是熊韬的内心却七上八下，不得安宁。想起那只独眼凶兽扑向他的情形，若那凶兽真想杀他，又何必留下那么大的破绽，竟让三脚凶兽咬住了自己的脖子？

但即便咬住了脖子，那也不是什么死穴，独眼凶兽完全可以挣脱，要么对三脚凶兽反击，要么再次向他发起攻击。可是独眼凶兽并没有这么做，而是当场死在三脚凶兽面前。

难道独眼凶兽想用自己的血说明点儿什么吗？联

想独眼凶兽说过的话，熊韬越来越觉得很多东西并非传说中那样，说什么凶兽是十恶不赦的大坏蛋，这里面好像也隐藏着很多不为人知的秘密。

他抬起头，看着沈木，问道："沈大侠，凶兽到底是谁？"

"什么？"沈木被熊韬这个问题给问蒙了，凶兽就是凶兽，曾一度为害人间啊。

"《九灵通史》是否也有关于凶兽的记载？"

沈木和小谷子都惊讶地看着熊韬，为何当熊韬说出人类禁忌《九灵通史》的时候没有遭到天谴？熊韬难道也得到了神的启示参破了天机？

"沈大侠，快告诉我，《九灵通史》到底是如何记载凶兽的？"熊韬追问。

"《九灵通史》是记载上古历史的史书，上古历史在九灵王朝创建之后就已经结束了。虽然当时九灵王朝委托伏羲传递了禁咒的消息，但是并无关于禁咒以及凶兽的任何记载。"沈木说道。

"那么《山海经》里的凶兽形象又是谁绘画的呢？"熊韬继续问道。

"据说《山海经》是参加过封印禁咒之战的勇士们根据亲眼所见绘画出来的。"沈木回答道。

"为何刚刚那只独眼凶兽能说出自创世以来至今

都是命运这样的话呢？凶兽与创世之初到底有什么关系？”说到激烈之处，熊韬又咳嗽了几声。

沈木望着远方悠远的天空，自言自语道：“凶兽的历史我确实不知道，但要说起创世之初，确实有两个族群被所有人都忽略了。”

“哪两个？”孩子们齐声问道。

“百兽族和罗碟族。”沈木说道。

“凶兽是罗碟人？”小谷子再一次震惊了。

沈木没有回答，望着烟波千里的云梦泽，沉默良久，说道：“关于上古的创世混战我觉得也应该告诉你们了。”

第十四章 创世混战

“世界本无，皆由气生。气分清浊，清气上升为天，浊气下沉为地。而第一块大地，称为昆仑，也是世界初创时唯一一块大陆。

“世界初生，只有三族。仙族聚气而轻，有形无肉体，飘飘然，无处遁形而又无处不在。以不周山为镇守之门，居住在昆仑山顶，成为上仙。仙族统治者为白莲仙子，传说白莲仙子乃是宇宙初化状态下连接天地清浊之气的一朵白莲，后成仙。

“水族是最古老的族群，其起源早在仙族之前。水族族长乃是神龟，神龟曾是守护白莲的第一守卫。但是自仙族造人筋疲力尽而亡之后，就再也没有听说过水族的任何消息了，无人知道水族是完全消失了还是隐退了。

“第三个族群则是陆生，原本汇聚了百兽，称为百兽族，但最终百兽族被后来崛起的龙族征服，龙族等级观念极重，被征服者纳入第十等奴隶级。龙族是大地浊气的集大成者，第一任统治者为始祖一世。

“原本三族相安无事，但是后来百兽不忍龙族残酷统治，揭竿而起，杀死始祖一世，宣称从此再也不受龙族控制。

“霸王龙三世作为龙族统治权的接任者，暴怒之下，决定将那些奴隶全部诛杀。奴隶为了保命，逃到了昆仑山脚下，祈求仙族的庇佑。仙族不忍生灵涂炭，派使者前往龙族与霸王龙三世谈判。

“霸王龙三世野心勃勃，早有踏平昆仑征服仙族的计划，如今仙族居然替奴隶出头，正好给了龙族一个出兵的借口，于是将使者杀害，挥军昆仑。仙族为了抵抗龙族的入侵，联合水族以及百兽，誓死保卫昆仑。

“仙族的参与非但没有震慑龙族，反而激发了龙族的怒气。龙族一鼓作气，攻下昆仑，疯狂撞击仙族最后一道防御之门——不周山。地动山摇，天崩地裂，不周山轰然倒塌。然而就在此时，由于天地紊乱，引起了自称罗碟族的族群的入侵，四族混战演变成了五族混战。

“眼看着龙族、仙族和水族的生命在罗碟族面前不堪一击，白莲仙子决定与龙族签订停战协议，然后向冥王界的冥王族求救。

“冥王族深知如果不是龙族肆意发动战争撞毁了

不周山，也不至于招致罗碟族入侵。对于龙族的力量，冥王族也心有余悸。如果任由龙族放肆，也许龙族就会成为第二个罗碟族，到时候冥王族也难逃灭亡。

于是冥王族向霸王龙三世提出了两个条件：第一，作为战争的发起人，霸王龙三世必须被处以绞刑。

“‘第二个条件呢？’霸王龙三世问。

“‘在保留物种的前提下抹去龙族的模样，封存龙族的力量。’冥王族族长的小女儿阿琳娜说。

“‘保留物种是什么意思？’霸王龙三世问。

“‘世间没有龙族，世间又都有龙族。’阿琳娜说。

“霸王龙三世闭上了眼睛，揣摩着阿琳娜口中的‘没有’和‘都有’。世间再无龙族的身影了，世间将都是龙族，他想他应该明白了这其中的奥妙。而作为战争犯的自己，被处以绞刑是应该的，如果自己的死可以挽救龙族的命运，他也非常愿意。对于这个条件，他欣然接受。

“冥王族封存了龙族的模样和力量，绞死了霸王龙三世，转而将罗碟族打败。至此，仙族、水族、冥王族宣告混战之后的胜利。

“终于战胜了龙族这个奴隶主，百兽族也极为兴

奋，站在广袤的昆仑山下欢呼雀跃，并向冥王族、仙族自告奋勇，说道：‘虽然战争结束，可是大地满目疮痍，就让我们代替龙族恢复世界的生机吧。’

“百兽族一句好心的话却犯了冥王族和仙族的大忌，百兽族想取代龙族的位置，是想成为世间霸主然后发动战争吗？冥王族勃然大怒，怒斥百兽族乃是混战的导火索，不反省自己的过错也就罢了，居然妄图取代龙族。

“‘还望公主息怒，我族并无此意，我族只想让世间尽快重焕生机。’百兽族解释道。

“可是阿琳娜哪里会听百兽族的辩解，说道：‘百兽根本不是世间的灵物，只懂蛮力，有朝一日连天都不知道还会诞生什么凶兽残害世间，所谓让世间重焕生机根本就是痴人说梦。’

“阿琳娜一挥手，百兽一族全部埋葬于十九层地狱，永世不得翻身。”

听完，小谷子一声叹息：“百兽族作为混战中胜利的一方，看来并没有得到公平的对待啊。”

“其实阿琳娜这么做也有一定的道理，如果不消灭百兽族，人类在世间生存将会非常困难，这对于一心想让大地重焕生机的仙族和冥王族来说是不允许的。”沈木说道。

“此话怎讲？”小谷子问。

“百兽族全部覆灭之后，仙族在冥王族的应允之下，开始创造灵长类。他们需要一批崭新有灵性而又没有经历过混战的物种来到世间，给刚刚经历战乱的世界一个重焕生机的机会。

“后来他们造出了人类。人越来越多，他们需要土地生活，而土地却越来越少。如果百兽族还在，那么人类与百兽族迟早会因为领地问题发生战争。如果战争爆发，那么可能又是一场混战，原本世间刚刚结束战争，哪里还能承受得起又一次的战争呢？”

“可是这样也不能把百兽族全部打入地狱啊！”小谷子依然为百兽族打抱不平。

“那么那些凶兽到底是百兽族还是罗碟族呢？”庞朱问道。

“一定不是罗碟族。”沈木斩钉截铁地说道，“罗碟族可没有这么丑陋。”

庞朱惊讶地看着沈木：“沈大侠，难道您连罗碟族也见过？”

沈木发现自己刚才那句话说得很武断，就没有接话。此时的熊韬却陷入深思，没听他们之间在聊什么，过了一会儿，他看着沈木，说道：“沈大侠，我越来越觉得有些不对，我们能不能追上凶兽？”

熊韬语出惊人，庞朱以为他烧坏了脑子，竟然会想念凶兽？这不是找死吗？但是沈木却不以为然，说道：“以我们现在的体力根本追不上凶兽。”

“那可怎么办？”熊韬有些慌张。

“太子是否记得三脚凶兽说过的话？”沈木问道。

“哪句？”熊韬问道。

“登基。”沈木说道。

“登基？”熊韬依然不解。

“百兽一定在那登基之地，等待着他们的王。”沈木说道。

“是在上郢吗？”小谷子问。

“跟我走。”

虽然沈木的体力有所恢复，但却依然举步维艰。他们离开了云梦泽，就在前面那片荒山之中，突然从地上长出一朵朵紫红色的花儿。花儿越来越多，越来越繁盛，弥漫着整片荒山，似乎在欢迎远方的来客。

沈木大喜，说道：“就在这里。”

“这里就是登基之地吗？”小谷子四处张望，除了花，什么都没有，怎么登基呢？

“就在地底下。”沈木说道。

“地底下？”

沈木点点头，说道：“这可是铜草花，铜草花开的地方，说明地底下深藏着铜矿。你们看这儿的铜草花越长越多，越长越茂盛，说明地底下的铜矿越来越多。”

“可是这与登基有什么关系呢？”小谷子不明白。

“在这个战国乱世，铜矿代表了权力。楚国王宫中的王座正是用青铜铸就的，俗称青铜座，青铜座代表的就是王位。而像太子这样既是楚国之王又是凶兽之王的新王登基，他们一定会选择最有王气的地方登基，而这个地方，必是青铜矿最丰富的地方。”

沈木刚把话说完，庞朱就察觉自己的脚被什么东西拉住了，低头一看，却不料是一双骷髅手将他紧紧抓住了。

“啊——”庞朱吓坏了，正要摆脱骷髅手时，沈木一剑已将骷髅手斩断。只听见背后突然“轰”的一声从地里冒出来一座巨大的坟墓，墓门打开，从里面延伸出一张红色的地毯，一直铺到庞朱的脚下。

沈木恍然大悟，原来这就是他们对新王的迎接方式，那双骷髅手就是打开密道的钥匙，只要斩断，门就开了。

第十五章　登基大典

跨过那道墓门，前面是一条深不见底的幽暗隧道，隧道尽头阴气极重，时不时向外喷出轻雾，就像地狱之气，让人胆寒。

突然“轰”的一声，背后的墓门自动关闭。随后，隧道两侧亮起灯火，灯火一直延伸到幽暗的尽头。虽然灯火通明，但是他们全身发凉，唯恐突然从哪里冲出一个怪物。而就在隧道的拐弯口，前面的灯光突然变成了浅蓝色，一闪一闪，甚是妖异。

“大哥哥，这是怎么了？”小谷子觉得前面的颜色诡异，恐怕有什么不好的事情发生。

“没什么，那只是铜燃烧的焰色反应。”沈木指着那墙壁上挂着的灯说道。

小谷子这才发现，拐弯处那儿的挂灯与墙壁上的完全不一样，这儿的墙壁都是柴灯，而从拐弯处起却是青铜灯。

迷迷糊糊中的熊韬大为吃惊，没想到生活在战国时代的沈木就知道铜燃烧呈现出浅蓝色的焰色反应，这可太神了。

他们行进到拐弯处，红色的地毯也走到了尽头，从这儿开始，不仅柴灯变换成了青铜灯，隧道两边的墙壁也换成了青铜墙壁，地面自然也是用青铜铺就的，好像为了迎接他们的新王，青铜地板像刚刚擦过一遍似的，非常光亮。青铜地板上倒映着浅蓝色的灯光，甚是玄幻。

他们刚踏上青铜地板，只见前面突然出现一个红色的光圈，那好像是隧道的尽头。红色的光圈外面传来叮叮当当的金属敲击声，渐而，一股又一股强大的热气从光圈吹来，光圈如幽帘拂动。

沈木一脚跨过红色光圈，一股热气从脚底直冲头皮，待他站定，只见脚下火光冲天，一口巨大的炼铜炉就像喷涌的火山，炉中温度上千摄氏度的铜水喷张，仿佛要冲出头顶的高山，吞噬一切。

炼铜炉的右方，叮叮当当，原来正是凶兽在开采铜矿，它们将铜矿石一块一块从岩石中砸开，然后碾压分解，将纯度较高的铜矿石通过转带，运输到炼铜炉。

一颗颗铜矿石掉入炼铜炉，瞬间消融，在熔炉之中熔化分解。铜水沿着铁槽流向远方的铜水池，那铜水池盛满铜水，就像铜镜一样锃光瓦亮，非常壮观。

残渣沉淀，被炼铜炉吐出，掉入下面的废水井。“嗞嗞嗞……”废水顷刻将残渣化为黑渣，一股难闻的刺鼻气味向上弥漫，呛得原本虚弱的熊韬连声咳嗽。

“得赶紧离开这里。”沈木见熊韬越来越虚弱，带着大家沿着这座被挖空的铜矿山的绝壁向下走，走到铜水池边上。

“嘣嘣嘣嘣”，突然不知在哪儿响起四声钢链断裂的声音，铜水池内升起一座宏伟的青铜台。铜矿山的地面慢慢鼓了起来，一群又一群凶兽横空而出，一起面朝着他们，整齐地跪了下来，口中喊道：“恭迎王上。”

青铜台前缓缓流出一条透明的青铜地毯，一直铺到熊韬脚底下停了下来。瞬间，铜矿山两边的绝壁就像壁橱一样被点亮。无数稀奇古怪的小怪兽拿着各式各样的鼓乐或蹲坐或站立或弯腰在那一格一格被隔开的壁橱里，形态各异，吹着各种乐器。

一个个精灵古怪的乐符从两边的绝壁中传出，于半空中交织，或轻缓或急速地飞跃到青铜台上，撞击着摆在青铜台上的稀世编钟，发出绕耳雄浑的乐音，让人惊叹。

奏乐之中，青铜台的正中缓缓升起一座红光璀璨的青铜王座，那正是代表百兽之王的巅峰王座。青铜王座并未冷却，冒着滚烫的热气，热气弥漫，似乎有一种非常特别的魔力，一直吸引着熊韬，好像召唤着他：王上，登上王座你就是百兽之王，号令群兽称霸天下。

熊韬摇晃着脑袋，尽力不让青铜王座扰乱了自己的心志。

三脚凶兽从王座后面缓缓走来，走到青铜地毯前，跪下，喊道："恭迎王上登基。"

跪在地底下的凶兽的情绪也被点燃，嗷嚎大叫。那些撞击的乐符混杂在嗷嚎之中，就像绵针一样扎在熊韬的脑子里，嗡嗡作响。熊韬有些头疼，内心那只看不见的手好像又揪着他的心脏，让他痛苦不堪。

他忍住痛苦，微微睁开眼睛，看着青铜地毯对面的三脚凶兽，对庞朱说道："我——我们过去吧。"

"小哥哥——"小谷子担心地看着熊韬，试图将他拦住。

熊韬微微一笑，看了一眼小谷子，说道："没事的。"

庞朱透过青铜地毯看了一眼下面，下面黑压压的都是凶兽，要是掉下去——想到这儿，他吞了一口口水，双腿直哆嗦。

这时青铜地毯似乎也感受到了庞朱的恐惧，然它将庞朱的双脚缠住，“哇——”庞朱眼睛一闭一睁，没想到此时已经稳稳落在青铜台上，站在三脚凶兽的面前。

“哇——”庞朱又是一声尖叫，以为三脚凶兽又要张开血盆大口将他们吞了，可是三脚凶兽呆呆地站在原地，悲情地看着熊韬。

熊韬看着三脚凶兽身上的伤疤，微弱地说道：“你过来一点。”

三脚凶兽眼睛里露出迷惑，紧紧地盯着熊韬。熊韬看出了他的疑惑，说道：“不要害怕，你过来一点。”

三脚凶兽刚一抬脚，庞朱就吓得额头冒冷汗：“不要哇，小韬，它会把我们吃掉的。”

见庞朱对它如此恐惧，三脚凶兽将步子退回，呆呆地站在原地，不敢动弹。

“没事的。”熊韬安慰庞朱，然后又看着三脚凶兽，“过来吧。”

熊韬一直盯着三脚凶兽那只已经断掉的脚，可是等到三脚凶兽靠近，他却惊讶地发现它全身何止那一处伤疤，仅后腿上就有五条清晰的伤痕。熊韬大惊，问道："你……你身上为什么那么多伤？"

三脚凶兽什么也没有说，低着头，不敢正视王上。跪在下面的凶兽似乎也能感受到三脚凶兽的悲伤，刚刚还洋溢在脸上的幸福突然之间消失殆尽，整座铜矿山陷入一片死寂。

"你转个身。"熊韬命令三脚凶兽，三脚凶兽服从命令，转过了身。不出所料，在它身体的另一边同样伤痕累累。那些伤痕仿佛是谁用锋利的刀刃划下去的，没有一点拖泥带水，甚为恐怖。

熊韬再看了一眼跪在下面的凶兽们，它们身上也有伤痕，那些伤痕再一次刺伤了他的眼睛。"这到底是怎么回事？"

恻隐之心，人皆有之。熊韬止不住地悲伤起来，他面前，可是人们传说中无所不能、无恶不作的凶兽，这么残忍霸道的凶兽，又有谁可以在它们身上留下伤痕？这个问题，是他来到这里唯一想找寻的答案。

"你们不是凶兽吗？难道凶兽也会被人伤害吗？"熊韬情绪激动，动了肝火，又咳嗽起来。

三脚凶兽抬起头，望着这位仁慈的王，它不想对这个问题做过多的解释，言语显得非常苍白。

“我想知道这些伤疤是怎么来的？还有你这只脚，又是怎么断的？”

面对一再追问的王，三脚凶兽似乎也控制不了自己的野性，问道：“真的很想知道吗？”

熊韬点点头。

“那请王伸出手，抚摸我的伤疤吧。”

熊韬伸出手，刚刚碰到三脚凶兽的伤疤，就像被电击了一般，上古的记忆瞬间从他的脑海中翻开。

他仿佛看见自己正率领着一群凶兽在残暴的龙族包围圈中厮杀，凶兽越战越勇，虽然遍体鳞伤，但寸步不让。最终它们保卫了昆仑最后一块大陆，一直等到霸王龙三世走上绞邢台，战争才结束。

它们本以为胜利了，从此可以取代龙族在世界繁衍生息，安稳度日。可是当它们提出条件的时候，却遭到了仙族和冥王族的猜忌，冥王族一怒之下，将它们埋入十九层地狱。

在地狱的日子，凶兽们备受摧残。它们发誓一定要重返大陆，返回家乡，于是一心修炼血灵咒。后来终于炼成血灵咒，在地狱打开了一道出口，成群结队的百兽从血灵咒中一跃而出。

然而当它们从地狱中杀出来的时候，却被人误以为是上古凶兽，是来残害人类的。人们从来不给凶兽辩解的机会，逮着就杀，从此在人类与凶兽之间形成了永恒的鸿沟。凶兽们带着上古的伤疤，又在与人类的斗争中伤痕累累。

三脚凶兽认为再这么打下去不仅没有重返大陆的机会，反而会加重与人类之间的矛盾，最终全军覆没，于是与鬻熊展开谈判，并将百兽一族的遭遇以及重返大陆的目的全盘告知鬻熊。

“我们只想在某一个角落安一个家，一个属于百兽一族的家，仅此而已。”

三脚凶兽声泪俱下，鬻熊深深感动，答应只要将血灵咒封印，那么他将用尽毕生的精力让百兽一族重返大陆，重建家园，公平对待。

然而鬻熊封印了血灵咒，凶兽再次回到地狱之后，却从此再没有听到鬻熊的声音，不知道等了多少年，百兽一族自认为受骗了，于是千方百计要从地狱中再次回到世间。可是血灵咒已经封印，要想打开谈何容易？

熊韬把手从三脚凶兽身上拿开，看着凶兽，说道：“于是为了打开血灵咒，你们与景昭相互勾结？”

三脚凶兽说道：“这是没有办法的事情，我们必须这么做。不管付出什么代价，我们都要从地狱中再次出来。”

“不管什么代价吗？”熊韬情绪又有些激动了，咳嗽一声，“哪怕全天下血流成河你们也要从地狱中爬出来吗？”

“若是天下不血流成河，又有几人会在意我们的痛苦？”

“那全天下的人又成了与你们一样痛苦的人了呢？”

“可——”三脚凶兽还想辩解，却不知道该怎么辩解。

“就没有其他的方法来解决这个问题吗？”熊韬质问。

“曾经我们试过，那就是选择相信你的祖先鬻熊，但是鬻熊都死了几百年了至今都没有给我们答案，那让我们该怎么做？”三脚凶兽眼中流露出了绝望。

“我——”熊韬原本想说“我答应你们，帮助你们申冤平反，建立家园”。可是这句话若真的说出口，那就是沉甸甸的诺言啊，自己一定做得到吗？

“请王上登上青铜王座。”

跪在下面的群兽一起喊道：“请王上登上青铜

王座。”

熊韬看着那座红光璀璨的青铜王座，于他心中，他好像又听到了那个古老的呼唤，呼唤着他：“王上，登上王座，登上王座你就是百兽之王，号令群兽称霸天下。”

“不，不，不——”熊韬用尽力气拼命摇头，他不知道这是青铜王座的魔力在怂恿他，还是他本身想成为百兽之王的欲望在召唤他，他非常挣扎。

登基还是不登基？两股力量在他身上互相争斗，犹如撕心裂肺一般疼痛。

“王上。”三脚凶兽见王上内心如此挣扎，再次逼宫，“王上，请迅速登基。”

“不——”他实在受不了内心的纠结，突然爆发出一股极大的内力，将背着他的庞朱一掌推开。庞朱没有丝毫准备，反扣在熊韬身上的手滑落，两人一起倒在青铜台上。

跪倒在地的凶兽与站在对面的沈木和小谷子也不知道发生了什么，瞬间脑袋一片空白。

“小韬——”幸好熊韬还没有变成百兽之王，否则庞朱又怎能挨得住熊韬这一掌？他立刻从青铜台上爬起来，却见熊韬身上原本已有熄灭迹象的火苗又燃烧了起来。

"赶紧将王上抱到青铜王座上，否则他会死的。"三脚凶兽大叫一声。庞朱吓坏了，没有片刻迟疑，抱着就像火炭一般燃烧的熊韬，将他放在青铜王座上。

青铜王座就像一座能量塔，熊韬刚坐上，源源不断的能量就从王座传入他的身体。虽然身上的火焰并未消失，身体短时间内也没有恢复，但他内心平静，气色好了很多。

突然"轰"的一声，铜矿山发出一声剧烈的爆炸，地动山摇，山顶的矿石受到极大的震撼，一块一块的铜矿石自行脱落，掉在地上到处都是。惊恐之中三脚凶兽从青铜台上一跃而起，镇定地看着台下有些慌张的凶兽，喊道："保卫王上。"

凶兽立刻向青铜台围聚，做出保卫阵形。庞朱也站在熊韬面前，恰如第一不带刀侍卫般站在王座前。小谷子和沈木还不知道发生了什么，眼看又有大事发生，站在那儿只能以静制动。

"轰——"

一颗巨型炸弹将转带那头炸开了一个洞口，一束强烈的阳光透过弥漫着碎石尘埃的洞口沿着转带越过青铜台，直直地射入正端坐在青铜王座上的熊韬眼睛里，但他也不躲闪。

“哈——嗬——哈——嗬——”

只见千军万马从天而降，他们穿着青铜铠甲，拿着长矛利刃，从洞口涌入，顺着铜矿山的绝壁栈道，迅速将铜矿山里的凶兽围了个水泄不通。

“嘶——”

洞口随后飞奔而来九匹黑色的烈马，正是之前那九个蒙面杀手，蒙面杀手每人手上牵着一根粗壮的铁链，铁链另一头拴在一个硕大的铁笼上，铁笼中关着的正是寒露仙子和农家众弟子。

小谷子大吃一惊，正要冲上去救大家，但是被沈木拦住了。小谷子看着沈木，沈木什么也没说，拉着小谷子，一起躲在隐蔽处，等待机会。

虽然阳光刺得他的眼睛都花了，但是寒露仙子那袭如同月光般皎洁的薄纱就像印章一样印刻在熊韬的心里。他看着远处的寒露仙子，非常吃惊，想起在悬崖边，当时农家弟子正是被凶兽围住，怎么会落在蒙面杀手的手里？

他想站起来，质问三脚凶兽到底怎么回事，可是体内的能量还远未恢复，根本无力站起来。庞朱正想上前去扶，却被熊韬拒绝了。

三脚凶兽在王上的眼中看出了愤怒，他当然知道农家弟子都是王上的朋友，虽然在悬崖边与它们发生了激烈的冲突，可是当王上掉下悬崖之后，它们一心只想找到王上，并没有与农家弟子纠缠，也不知道之后农家弟子发生了什么。

蒙面杀手将铁笼压在转带上，转带“咔嚓”一声，无法承受铁笼的重量，将转轴压断，转带瞬间瘫痪。

“恭迎令尹景昭大人。”女蒙面杀手站在洞口，双手抱拳。

只见一个身穿灰色长袍、头戴冠冕、面色红润的老头儿如踏云踩雾，腾空而来。

景昭顺着转带，踩着祥云，走到了炼铜炉上。虽然炼铜炉温度达上千摄氏度，但是景昭毫发无损。他站在悬空的炼铜炉口，望着青铜台上奄奄一息的熊韬。而熊韬也看着在烈焰中燃烧的景昭，那根受伤的手指隐隐作痛。

第十六章　上古八姓

“大胆景昭，居然敢擅闯百兽禁地。”见这座铜矿山被景昭炸得乱七八糟，三脚凶兽异常愤怒。

景昭微微一笑，反问：“哦？是吗，这就是传说中的凶兽禁地吗？”

“见了百兽之王，为何还不下跪？”三脚凶兽见景昭如此傲慢无礼，难掩心中怒火。

“你是说他就是开启了血灵咒的百兽之王吗？”景昭指着端坐在青铜王座上的熊韬问道。

“难道你连百兽之王都不认识了吗？”三脚凶兽不知道景昭发什么疯。

“哈哈——百兽之王？”景昭不屑，脸色一变，厉声喝道，“众将士在哪里？”

包围在铜矿山四周的兵士们站得笔挺，等待命令。

“将那妖王迅速拿下。”

兵士们提起武器，对准凶兽。

三脚凶兽大为震惊，喝道：“景昭，你想干什么？”

“你没有听到吗？杀掉妖王。”景昭眉头一竖。

“你——”三脚凶兽简直无法相信，指着景昭的鼻子骂道，“你不是在血灵咒面前发过誓要誓死保卫百兽之王的吗？”

“我不知道你在说什么。”景昭冷笑一声，然后向所有人宣布，“百兽之王乃是罪恶和残暴的根源，人人得而诛之，将士们，趁百兽之王还未完全苏醒，拿起武器，替天行道。”

沈木大吃一惊，景昭解开血灵咒的目的不正是要获得百兽的力量吗？他到底哪里来的勇气，敢与百兽对抗？他到底在想什么？

青铜台下，群兽早已愤怒，它们最看不起的就是出卖自己灵魂的败类，而景昭就是这样为达目的不择手段的败类。如今这个败类居然敢出尔反尔，那么今天，一定要让景昭死。

“保卫王上。”群兽发出最强的保卫声音，群起而攻之，与穿着青铜铠甲的士兵厮杀，难解难分。

三脚凶兽岂容景昭亵渎百兽之王，它们从天飞跃到炼铜炉边，此时九大蒙面杀手也迅速飞到景昭周边，保卫景昭。

景昭轻蔑地看着三脚凶兽，说道："若你今天放弃抵抗，让我将那妖王杀死，我保你衣食无忧，享不尽的荣华富贵，如何？"

三脚凶兽恶狠狠地盯着景昭，对于这种没有任何原则的人，说什么都是废话。

但景昭却恬不知耻，继续夸夸其谈："从头至尾我都没想过与你们百兽为敌，我的目标一直都是太子。知道当时我为何四处散播太子开启了禁咒的消息吗？这一切都是为了让楚国上下所有的人憎恨太子，为我能理所当然杀了他而做准备。"

"为何不在没启动禁咒之前杀了他？那岂不是更简单？"三脚凶兽问。

"若没启动血灵咒而杀太子，那是不仁，楚国上下一定会借为熊氏一族报仇而将我们旧贵族视为仇敌，到时候我们这些旧贵族哪有立身之地？

"可如今血灵咒开启，太子就是百兽之王，人人得而诛之，我若将他杀死，顺天意，那么我就是楚国的英雄，楚国上下就会拥立我为新的楚王。那时，楚国全都是我的了。这样的政治智慧你可明白？"

沈木在旁边听着，这才恍然大悟，景昭是一个不折不扣的阴谋家。

“原来你一直在利用我们？”三脚凶兽怒目圆睁。

“对于你们这群上古时代甘愿为奴，如今又随便认人为王，一脸贱相毫无骨气的野兽来说，利用你们，是看得起你们。”

三脚凶兽一跃而起，扑向景昭，喊道：“背叛者的下场只有一个字——”

它还没将“死”字说完，只见景昭身后天外飞仙，飞来一抹蓝色的薄纱，蓝色薄纱于空中曼舞，还未与它有所接触，它便感到胸前被一记空气拳击中。

“啊——”三脚凶兽惨叫一声，被一拳打到了青铜台。它用脚趾紧紧地抓住青铜台，青铜台上划出一道深沉的血痕。

“没……没——”熊韬亲眼看见这只无所不能的凶兽居然在那蓝色薄纱面前如此不堪一击，甚为惊慌，想去问它有没有事，可还是站不起来。

三脚凶兽吐出一口鲜血。这一拳实在够狠、够毒，在它完全没有防范的情况之下差点要了它的命。

群兽见三脚凶兽居然抵抗不住那空中飘浮的蓝色薄纱，甚为惊恐，不知那到底是何方神物。

“哈哈——”铜矿山传来一声猖狂的笑，正是蓝戌仙子。蓝戌仙子从洞口飞来，飞到景昭面前，说道：“我说她天赋异禀，这回你可信了吧？”

“恭喜蓝戌仙子收到一个好徒弟。”虽然景昭在百兽面前极为嚣张，但是在蓝戌仙子面前，却又是另一副嘴脸。他继续说道：“就让您的徒弟露个脸给这些怪物看看吧，也让它们知道自己死在谁的手里，也好死得瞑目。”

蓝戌仙子微笑着看着还在空中曼舞的蓝色薄纱，说道：“好徒弟，该现身了。”

只见那蓝色薄纱渐渐显出一个女孩儿的模样，那女孩梳妆打扮，虽穿一身蓝色薄纱，却如出淤泥的白莲，一尘不染，若仙女下凡。

庞朱盯着那个女孩甚为激动，口中念道：“米兰？她怎么是米兰？”

沈木和小谷子也一眼认出了米兰，小谷子不无惊讶，说道：“她……她不就是与小哥哥一起挂在树上的姐姐吗？怎么会在一夜间变得如此厉害？”

沈木也不知道到底发生了什么。

早在那抹蓝色薄纱刚刚出现的时候，熊韬便知道那就是米兰。不管米兰变成什么样，她身上的体香都从未改变。暗恋之深，才会刻意铭记那女孩儿的点点滴滴，于千万人中，不会错过她的分分秒秒。

当那蓝色薄纱真的变幻成了米兰，他的血脉如同火山般喷张，好像全身的经脉都被打通了，突然从青铜王座上站了起来，大喊一声："米兰——"

庞朱望着终于能站起来的熊韬，他居然还能开口讲话，真是匪夷所思。熊韬自己也很奇怪，到底是一种怎样的力量在心口流淌，让他有了满血复活的迹象？他望着站在炼铜炉蓝色火焰上的米兰，继续喊道："米兰，真的是你吗？"

可是米兰连看都不看他一眼，甚为冷漠。

庞朱见米兰似乎把他们都忘记了似的，跟着喊道："米兰，我是庞朱，庞朱啊。"

可是不管庞朱如何喊，米兰依然装作没听见，不认识，一声不吭，冷漠至极。

"天才总是如此冷漠吧。"见米兰不理会太子和庞朱，景昭不无打趣。

米兰并不理会景昭，一如既往地高傲，然后看着蓝戌仙子，说道："蓝戌仙子，是否还记得我们的约定？"

蓝戌仙子点点头，她那么疼爱这个女孩，又怎么会忘记彼此的约定？那时她将米兰带走，米兰一直到晚上才苏醒，见四周陌生又恐怖，哭得死去活来。蓝戌仙子花了很长一段时间，才将米兰劝住，米兰的眼泪这才消停，并且也承认了穿越这个事实，一时半会是回不去了。

“既然你暂时无法回去，不如你拜我为师，我教你巫术，如何？”蓝戊仙子问道。

“巫术都是骗人的把戏，又有何用？”米兰抱着膝盖，或许受了小谷子的影响，对巫术也颇多偏见，一脸无所谓的态度。

蓝戊仙子并未责怪米兰，她想起自己小时候被师父带到巫山的情形，起初她也对巫术抱有偏见。世事轮回，在米兰身上，蓝戊仙子似乎看到了自己小时候的模样，虽是天赋异禀，但也任性。于是说道：“或许有一天当你参悟了巫术，就能回家了吧。”

“真的吗？”米兰擦干眼角的泪痕。

“世人只知道巫术乃是歪门邪道，却有几人能明白巫术中的奥妙？”蓝戊仙子不无感慨。

“既然你让我做你的徒弟，你一定要答应我一个条件。”

“什么条件？”蓝戊仙子面露喜色。

“熊韬留给我。”

蓝戊仙子看着眼前这个让她怜悯的女孩，不知道为什么，她答应了。这天下有多少人想拜她为师，成为她的徒弟，但是她都不曾看一眼，如今却求着这个女孩成为自己的徒弟，想来世事多弄人。

蓝戌仙子点点头，米兰就不见了，景昭还没缓过神来，米兰已经出现在了青铜台，站在青铜王座的下面，直视熊韬。

“她干吗去？”景昭有些着急，以为是蓝戌仙子将米兰放走了，这可如何是好，没了米兰，怎么收拾得干净这些凶兽呢？

蓝戌仙子见景昭如此着急，并未理会他，一直看着青铜台的局面。景昭完全被这师徒俩的傲慢给逼疯了，但也无奈，只能往青铜台上看，看看接下来到底会发生什么。

米兰飞到青铜台下，一度造成群兽的恐慌，三脚凶兽正要拼命上前将米兰撕成碎片，但是却被熊韬拦住：“不要紧张，那是我的朋友。”

三脚凶兽大为震惊，站在一旁，不知所措。

熊韬想要从青铜王座上走下来，走到米兰面前，可是却迈不开脚步，暂时未能自如行动，只能伸出手，可望而不可即地望着米兰，问道：“米兰，真的是你吗？”

米兰依然没有说话。

庞朱有些看不下去，说道：“米兰，虽然我跟小韬成绩不好，但是你不要这么冷漠啊！”

米兰依然没有说出一句话，他们就这样呆呆地看着对方。不知道过去了多久，熊韬的身体有些支撑不住，想坐下来。此时，米兰开口了，说道："小韬。"

熊韬听见米兰终于叫了自己的名字，好像又有了精神，说道："米兰，真的是你吗？"

"还记得我跟你说过的话吗？"米兰问。

"哪句？"

"不管真的还是假的，都不能输。记得吗？"

"怎么？"熊韬捕捉到了米兰眼神中流露出来的忧伤，正要问米兰到底发生了什么，只见米兰手中此时多出了一柄光剑。

"王上小心。"三脚凶兽正要冲过来护法，却被熊韬拦住了："退下。"

"可是——"三脚凶兽为王上担心。

"既然我是你的王上，那就你选择相信我。"

熊韬话音刚落，米兰手持光剑朝熊韬刺来。疯了，疯了，庞朱心急如焚，大喊一声："小韬，躲开啊！"

可是熊韬站在王座前，不知道是蒙还是躲不开，竟然一动不动。

眼看着米兰的剑越来越快，越来越近，庞朱什么也没想，伸出庞大的左手护住熊韬。就在刹那之间，米兰的光剑原本正要刺中熊韬的心脏，却刺中了庞朱的左臂。庞朱忍住疼痛，顺着剑势，与熊韬一起倒向青铜王座。

“危险——”三脚凶兽大喊不及。

“啊——”的一声撕心裂肺的惨叫，庞朱万万没想到这青铜王座居然是一座熔炉，王座表面居然流淌着滚烫的铜水。就在他的右手刚接触到青铜王座上，手已经被上千摄氏度的铜水熔化，鲜血沿着大动脉喷涌，瞬间被青铜王座吞噬，一点痕迹都没有。

庞朱眼前一黑，就在他快要坠入青铜王座，被青铜王座吞噬之时，熊韬悲痛万分，大喊一声：“庞朱——”不知道从哪里冒出一股愤怒，愤怒之火于熊韬心中燃烧，他一脚将青铜王座踹开，踹出了三丈远。

众人为之震撼，这个病怏怏的少年到底是怎么将那沉重的青铜王座踹开的？他体内难道真的潜藏着凶兽之王的力量吗？

群兽见王上居然可以轻松将青铜王座踹开，大喜，这就是它们一直期待的王上，然后又一次全部跪了下来，口中喊道：“王上万岁万岁万万岁。”

景昭被这声势吓坏了，吓得头上直冒冷汗，不经意间看了一眼蓝戍仙子，见蓝戍仙子表情依旧，也就放心了些。

“大哥哥，小哥哥他——”

沈木点点头，说道：“太子身上百兽之王的力量觉醒了。”

“那是好事还是坏事？”

沈木摇摇头，也许时间才会给出答案吧。

熊韬跪在庞朱面前，恨自己刚刚都在干什么，明明看见米兰的剑没有丝毫迟疑，是要取他的性命的，可是他为什么不躲？为什么要让庞朱为自己挡下这一剑？

他将躺在血泊之中的庞朱抱了起来，哭喊道：“庞朱，你醒醒啊。”

迷糊中的庞朱微微睁开眼睛，这才一会儿工夫，他的嘴唇已经煞白，他吞了一口口水：“小……小……”

“你怎么这么傻，一个凡人，又怎能救我？我可是百兽之王……”

“小……小……”庞朱想说点儿什么，但是那口气怎么也缓不上来。

熊韬擦了擦眼角的泪水，没想到衣袖沾满了庞朱的鲜血。他抬起头，看着米兰手里那柄带着鲜血的光剑，问道："米兰，这是你愿意看到的结果吗？"

米兰双眼通红，泪水在眼眶中打转，但依然保持镇定，说道："小韬，不管真的还是假的——"

熊韬心中无名的怒火被彻底点燃，怒捶青铜台，喊道："对，你都没有错，不管是真的还是假的，都不能输。哪怕面对你的朋友、同学都不能输，把他杀死……杀死……"

"你明白就好，准备迎战吧。"米兰提起那柄还沾着庞朱鲜血的光剑，做好了向熊韬攻击的准备。

熊韬从青铜台上站起来，两眼发绿，怒视着米兰，说道："也许我太天真，虽然我们都把你当朋友，可是在你这个高才生眼中，我们不配。既然你还这样，就让我这个倒数第二来挑战你这个全校第一。"

然而就在熊韬要释放体内百兽之王的力量的时候，躺在青铜台上的庞朱却死死地抱住了他的双脚，喊道："小韬，不要啊，她……她是米兰，你最爱的女孩啊！"

最爱的女孩？熊韬的脑海中浮现出与米兰的点点滴滴，米兰为他解读甲骨文，为他包扎伤口，在鲲鹏上，当他遇到危险时，她不顾一切地救他——这一切，都让他感到非常幸福。

他想他是从什么时候起喜欢米兰的呢？是那一年米兰刚刚转到他们班上？还是那一天他将自己的雨伞借给她后？还是当他从那堆枯燥的卷子中抬起头，看见前排米兰的背影时的那一刻？

他记不得了，只记得，每当放学回家，他都会站在教室的窗口目送米兰离开学校。他只能这样默默去做，因为他实在不敢也没有这个勇气走到米兰面前，告诉她，今天让我送你回家吧。

熊韬的脑海中充满了幸福的味道，这幸福融化了他的怒气，也融化了他体内百兽之王的力量。

可是米兰却并没有察觉到他的丝毫变化，她的剑依然在空中飞驰，一直飞向熊韬的胸口。熊韬放弃了抵抗，不管遇到了什么，他都没有理由伤害米兰，因为她是他最爱的女孩啊。他愿意死在心爱女孩的光剑之下，无怨无悔。

“是我不好，米兰，连累了你们，让你们跟我一起来到了楚国，而原本你们根本不需要经历这些的。我希望我死后你们都可以回家，回到那个2046年的美好世界，那里才是属于你们的家园，那里才有你们的快乐。

“只可惜，我再也不能像往常一样，每当下课铃声响起，我再也不能站在窗口，目送你回家了，这对我而言，是多么大的遗憾啊”。

米兰的光剑越来越近，熊韬微笑着，闭上了眼睛。只等着那一剑将他的心脏刺穿，从此，每个人都可以解脱了吧。

然而就在米兰手中的光剑刚刚刺穿他的衣服，触及胸膛的时候，熊韬好像再次陷入了梦境。梦里，他又看见了爷爷。

爷爷还是那个调皮的老头，笑嘻嘻地走到熊韬面前，问：“小韬，你知道你为什么姓熊吗？”

熊韬低着头，说道：“爷爷，我失恋了。”

但是爷爷对此似乎并不感兴趣，继续说道：“如今你穿越到了楚国，也经历了这么多，我想是时候告诉你你为什么姓熊了。”

熊韬抬起头，一脸惊讶地看着爷爷，说道：“爷爷，你有在听我讲话吗？我说我失恋了，我被我最爱的女孩给杀了，现在急需安慰。”

“哎呀，”爷爷倒显得有些不耐烦了，说道，“你很快就要复活了，马上还能见到那女孩。”

“真的吗？”熊韬简直不敢相信自己的耳朵，问道，“人死还能复生，这是为什么呢？”

“因为你不仅是楚国王室鬻熊的后裔，而且还是上古八姓之姬姓的直系传人。”

熊韬才懒得管自己是谁的后裔，谁的传人，说道：“既然我能复生，那就赶紧让我回去吧，我好想见到米兰啊。”

“你这小子，怪不得天天考倒数，就知道米兰米兰，改天我非把这事告诉你妈，让你跪搓衣板。”

熊韬见爷爷这是动真格了，赶紧举手投降，说道：“爷爷，千万别告诉我妈，你知道我妈那人，要是知道我在学校有喜欢的女孩可不仅仅是跪搓衣板这么简单了。”

“那你就给我好好听着。”

熊韬点点头，说道：“爷爷请讲。”

爷爷捋了捋悠长的胡须，说道：“创世混战之后，仙族开始造人，造的第一个人就是九灵氏。九灵氏又造了八个人，这八个人正是我们的祖先上古八大姓氏家族，分别是姬、姞、姜、嬴、妘、妫、姚、姒，统称为上古八姓。”

爷爷一边说，一边将这八个字用毛笔写在金帛上。熊韬看着这八个字，问道：“为何这八个字都带女字旁呢？”

“这是为了纪念当时以白莲仙子为代表的母系仙族，表彰女性在创世之初的智慧和杰出贡献。”爷爷说道。

熊韬点点头，问道：“可是既然上古有八姓，那我们熊氏又为何专属姬姓传人呢？”

“你知不知道《离骚》开篇是怎么写的？”爷爷问道。

“好像是‘帝高阳之苗裔兮，朕皇考曰伯庸。”熊韬说道。

爷爷点点头，总算有些欣慰，若是孙儿连这句话都忘记了，他非得动手打人不可。接着说道：“《离骚》中说，我们乃是高阳的后裔，在《楚世家》中也有明确记载，楚之先祖出自帝颛顼高阳，高阳者，黄帝之孙，昌意之子也。而黄帝轩辕氏正是姬姓，名叫姬轩辕。”

“哇，我居然是黄帝的后裔？”熊韬洋洋得意，没想到自己的姓氏里居然潜藏着这么多奥妙，而每一个奥妙被打开之后，都如此神奇。

“小韬，你明白了就好，现在我就教你上古八姓心法，助你封印血灵咒，打败景昭，还楚国一个明朗世界。”

熊韬原本还想问爷爷更多问题，但是爷爷已经不在了。当他睁开眼睛时，只见铜矿山一片漆黑。黑暗中，头顶出现七颗星辰，组成北斗七星阵，一道闪电环绕北斗七星，一条祥瑞之龙从天而降。

祥龙将凶兽一只只无情地吞噬，凶兽们似乎也没有做无谓的抵抗，它们呆呆地站在原地，好像知道这一刻迟早都要发生。

“王——”站在青铜台上，原本身受重伤的三脚凶兽望着熊韬，说道，“您要记住，您是登上了青铜王座的人，那就是我们百兽的王。”

熊韬本想对三脚凶兽说点儿什么，可是三脚凶兽也很快被祥龙吞噬，消失得无影无踪。

望着那些曾经凶神恶煞的凶兽在祥龙面前毫无还手之力，小谷子突然心生疑问，问沈木：“大哥哥，那是什么？”

沈木说道：“小哥哥乃是上古八姓的传人，他的身体里面背负着上古八姓心法，如今心法打开，召唤了祥龙。”

“你之前说，龙也是兽，那小哥哥现在岂不是百兽之王了吗？是不是很可怕？”小谷子不无担心。

“小哥哥并非百兽之王，他只是召唤了祥龙，将凶兽吞进他的肚子，然后封印起来。”

“既然是封印，那么龙是好的还是坏的呢？”小谷子继续问道。

“最起码现在，是好的吧。”

沈木的回答并没有让小谷子满意，他还是不清楚，龙是好的还是坏的。

蓝戌仙子也看出熊韬召唤出来的正是上古八姓心法之姬姓心法。在这个世界上，上古八姓心法是仅次于九灵心法的最强心法，如今凶兽再一次被熊氏后裔封印，看来他们彻底失败了。

与此同时，铜矿山的山体似乎也难以抵抗八姓心法的威力，摇摇晃晃，随时都有塌方的可能。蓝戌仙子害怕米兰受到伤害，飞到青铜台，拉住米兰的手，说道：“马上就要塌了，离开这里。”

但是米兰却并不情愿，她呆呆地看着从地狱中复活的熊韬，露出微笑。熊韬想追问米兰这笑是什么意思，但是顷刻之间，蓝戌仙子已经带着她离去了，只听见光剑“哐当”一声掉在青铜台上。

蓝戌仙子带着徒弟已经逃离，景昭也察觉大势已去，眼看就能杀掉熊韬独享楚国，没想到天生异象，非常不甘心。

熊韬正要上前捡起米兰的光剑，不料对面传来一声怒吼“拿命来”，熊韬回头，却见景昭两眼通红，不知何时从炼铜炉中提起一柄铜水还在流动的利剑，跃过炼铜炉向他杀来。那柄剑炽热锋利，空气都化作水汽蒸发。

他想躲开，但是剑实在太快，只在零点零一秒之间距离他的胸膛相差不到五厘米。

“小心——”然而就在众人眼睁睁望着那铁流之剑就要刺穿熊韬而无能为力的时候，那条原本盘旋在上空的祥龙甩动龙尾，龙尾如同无形之手，扇在景昭的脸上。“啊——”景昭被扇落在地。

“大人。”九大蒙面杀手见那祥龙变色，预感景大人有危险，于是飞了过去，围成一圈，保护景昭。

自从萌生了不管遇到什么困难都要杀掉熊韬的念头起，景昭已经疯了，他摸着火辣辣的脸，从小到大还没有人敢给他耳光，这孽障却是第一次，这种屈辱怎么受得了？

他从青铜台上站了起来，恶狠狠盯着对面那条让蓝戍仙子吓破了胆的祥龙，心想，我倒要看看你到底有多厉害，然后一声令下：“把那孽障也一起杀了。”

可是九大蒙面杀手哪里有出手的机会，祥龙打了一个喷嚏，那喷嚏流经九大蒙面杀手的身体，杀手好像被点了穴，站在那儿就像木桩一样一动不动。

景昭不信邪，难道在这孽障面前，连反击的机会都没有吗？他刚要提起剑再度杀去，祥龙朝他瞪了下眼，景昭又是一声惨叫，双眼犹如被灼烧一般疼痛。

祥龙正要张开龙嘴将他们吞噬封印，可是不知从哪里吹来一股黑风，黑风扬起尘沙，吹乱了众人的视线，等黑风散去，景昭和九大蒙面杀手已经全部从祥龙的龙嘴之中被救走了。

能从上古八姓心法的手中将人救走，这黑风到底是怎样的存在？是九灵王朝，还是其他种族？这让沈木疑惑不解。而小谷子也呆呆地盯着那股黑风，似曾相识，却不记得在哪儿见过，或许只是一个幻觉吧。

铜矿山摇晃得更为厉害了，起初头顶的石块一块一块脱落，现在却是连续脱落，洞内越来越危险了。

熊韬不比沈木，对那黑风根本没有兴趣。他捡起米兰遗落的光剑，正要带庞朱离开这儿，却发现庞朱躺在血泊中昏迷了过去。怎么会这样？刚才还能讲话的啊。熊韬跪倒在地，抱起了庞朱，喊道："庞朱，你不能死啊，不能死啊。"

"太子。"

熊韬转过头，正是寒露仙子。原来沈木见铜矿山就要坍塌，而农家众弟子还被锁在铁笼里，若不及时救出，恐怕农家上下全部要埋葬于此，于是绕过乱石，一剑斩断了那缠绕在铁笼上的枷锁。

"姐姐，你一定要救救庞朱。"熊韬说道。

寒露仙子给庞朱服下一颗神龙百草大药丸，可就算是仙子的秘方，似乎也很难止住庞朱身上的血。寒露仙子眉头紧皱，说道："现在必须马上离开这里，为他手术。"

熊韬抱起庞朱，带领众人坐上祥龙，冲出了这即将坍塌的百兽圣地。

【未完待续】